白马伶娜

宝琴 著

少年儿童出版社

目录

1. 怀秀舞蹈学校 / 1
2. 暗流涌动 / 8
3. 失之交臂 / 16
4. 背水一战 / 22
5. 天鹅之死 / 31
6. 初见约瑟夫 / 37
7. 神迹 / 43
8. 初次骑马 / 51
9. 愿乘长风 / 60
10. 枪杀 / 65
11. 冠军少女 / 72
12. 社交法则 / 78
13. 加入马术队 / 83
14. 左右为难 / 91
15. 圣诞月 / 98

16.冲突 / 106
17.意难平 / 113
18.蜜亚的手段 / 121
19.救赎 / 128
20.重归于好 / 136
21.悠长夏日 / 145
22.白马迟暮 / 149
23.残次品 / 155
24.最后一名 / 160
25.永不言败 / 166
26.霍普金斯先生 / 174
27.赌上荣誉的决赛 / 179
28.圆满的大结局 / 187
29.重返怀秀 / 190
30.骊歌 / 196
31.生死长诀 / 204

1 怀秀舞蹈学校

又一个暑假结束了。

肩上挎着舞蹈包，头发在脑后盘成一个严丝合缝的圆发髻，我迈着鹤一样的外八字，高高地扬着下颌，推开了怀秀舞蹈学校的大门。

前厅里，刚刚返校的学生们正呼朋引伴，三五成群地寒暄着。我一推开门，叽叽喳喳的女孩们顿时安静下来。

“嘘……她来了。”

那个令人闻之色变的“她”就是我。静默的人群中，我目不斜视地长驱直入。

迎面走来了两个手挽着手的姑娘，有说有笑地拉扯着，走得东倒西歪，几乎占满了整条狭长的走廊。一看到我，她们的嬉笑顿时噤了声，两只手也知趣地松开了，自动自觉地给我让开一条路。

我径直从她们中间穿了过去。

走廊的拐角处，低我一级的女生抱着一大叠粉色的芭蕾舞衣，行色匆匆地跑了过来，差点撞到我的身上。

“不长眼啊你……”她恼火地说着，猛地一抬头看见是我，后半截话就一咕噜咽进了喉咙深处。

“哦，学姐……对不起，对不起。”

她嗫嚅着说道，逃跑一样地匆匆躲开了。

走廊尽头就是楼梯。阿琼坐在楼梯口，把针线包摊在台阶上。她手里正缝着芭蕾鞋脱落的缎带，嘴里抿着一截细细的线头。我走到她面前时，她仰起一张圆圆的脸蛋，怯生生地招呼了我一声。

阿琼是群舞中的一个。她们家和我们家住在同一个小区。恐怕是这个缘故，她才觉得自己在我这儿的面子比别的群舞女生略大些，偶尔还敢开口和我搭话。我从眼角淡淡地扫了她一眼，心里冷笑一声：阿琼的脸蛋本来就圆，自从步入发育期，上半身日益丰腴起来。以她鸡肋的水平，就算继续跳芭蕾，胸部的重量也势必会影响平衡和美感，早晚会被扫地出局。

我收回了目光。这种注定会被淘汰的舞者在我眼里一点意义都没有，不过是增加了垫脚石的数量之一。但是阿琼却看不透这一点。她挤出一张笑脸，露出几分谦卑的意味：

“丹妮，你来啦。”

这不是废话么？我人都在这儿了，还能不来么？我实在懒得回话，本来是要走楼梯的，现在干脆转了个身，改道向电梯走过去。电梯已经满了。但是看到我，里面的人像是被风吹弯的芦苇一样，无声地缩了一缩，硬是给我匀出了一片空地。

我前脚刚迈上电梯，一声机械的“滴——”就响了起来。

超载了。

普通女孩子遇到超载的情况一定会格外尴尬，生怕自己的

体重遭人嘲笑，可我根本不会有这种担忧。我是整所学校的身材标杆——身高166厘米，体重却只有42千克，全身没有一丝多余的脂肪，只有脉络清晰的肌肉。

电梯坚持不懈地“滴滴”直叫，而我无动于衷地站在原地，任凭周围的人面面相觑。终于，两个有点面熟的女孩互相扯了扯袖子，交换了一个意味深长的眼神，主动退了出去：“那个，要不你们先上去吧，我们等下一趟……”

没等她们把话说完，我就干净利落地按下了“关门”的按键。

走出电梯，三楼的楼道里，贴着“桃李杯”大赛的宣传单，几所欧洲芭蕾舞学校的招生简章，还有中国歌剧舞剧院的海报。我从这些如雷贯耳的名字中间走过——总有一天，所有荣光都会是我的。

走廊尽头就是练功房。练功房门口已经有几个学生在等待了。曲悠悠单膝跪在地上，手里握着崭新的足尖鞋，毫不怜惜地拿刷子刷着光滑的鞋面，直到打起一层毛渣，为的是增加鞋尖和地面之间的摩擦力。庄子秋赤脚坐在地板上，往受伤的足趾上缠着白胶布，时不时“嘶”的一声，从咬紧的牙关里轻轻吸一口气。

我从她们身边走过时，她们一前一后地抬起头，短促地叫了一声：“丹妮。”

我微微点了点头，算是回应。她们两个都属于跳得好的学生，虽然拿不到天鹅公主的角色，四小天鹅里总有她们的位置。

不远处站着一个长发辫的女生，正拉着一个眉清目秀的男孩子，有一搭没一搭地聊着天。刚刚过去的夏天给她镀上了一身麦色的肌肤，笑起来带着甜甜的味道，让人想起上好的朱古力。

但是朱古力一升温，就变得黏腻腻了。眼下她正是热情洋溢的时候，对面的男生不管说什么，她都笑得前仰后合，两个酒靥飞得天花乱坠。

那个女生就是郑熙。郑熙，郑熙，这个名字的每一笔每一画我都了如指掌。在正规的舞蹈演出中，主角往往有AB两个演员。两人都是技艺最精湛的舞者，练习一样的动作。A角如果出了意外不能上台，B角就要顶替她的位置。郑熙就是我的B角。她的名字永远紧紧地跟在我的名字后面，如影随形。

我想，如果我是郑熙，一定会有“既生瑜何生亮”的慨叹。论功底，论技巧，我们其实不分伯仲。她唯一就输在一点——她在台上的心理素质不如我，每次一紧张，水平就忽高忽低。而我是天生的表演者，每一个步伐都稳扎稳打，每一个动作都行云流水。

两个学生既然能力不分上下，老师们自然会偏爱稳中求胜的那一个。我没有让老师们失望，无论是现场表演，还是参加比赛，甚至于录节目、拍硬照，我的举手投足都恰到好处，拿出去就是一张活招牌。

我是程丹妮，怀秀舞蹈学校初中部唯一的A角。

我在离郑熙几步远的地方停了下来，不动声色地抿着嘴，双手交叉在胸前。郑熙显然是看见我了，但她没有任何要和我

打招呼的意思，依然扯着那个男生说话。男生背对着我，嗯嗯啊啊地点着头，不时低头看看手上的腕表。

我清了清嗓子。

男生回过身。一看到我，他立刻喜笑颜开地迎了上来，手里摇晃着一袋牛奶：

“丹妮，你可来啦！”

我终于露出了今天的第一个笑脸：“楚歌。”

楚歌是我的舞伴，也是学校里舞跳得最好的男生，他的天资很高，兼有俊眉秀目，是学校里很多女孩子梦寐以求的男伴。眼下他逆着光站在我面前，身形像白杨一样挺拔好看。

“你好像长高了一点，是不是？”他笑嘻嘻地问道，伸出手掌在我的头顶上比画了一下，又反手摸了摸自己的脑袋，不无骄傲地说，“但是我长得更快。”

我们配合了两年，彼此很有默契。楚歌把一袋牛奶塞到我手里：“喏，赶紧喝吧。”

我们食堂里只有凉牛奶，可我偏喜欢喝热的。从我们搭伴以来，楚歌总是早起几分钟，接一杯热水，然后把牛奶袋放在他的热水杯盖上，让我坐享其成——每天一袋，除了称体重的日子。我们每周会在老师的监督下称两次体重。每逢称重日，我们就不敢进食，甚至不敢喝水，因为水分也占据着很大的重量。

但是今天可以进食。借着递牛奶的机会，我们的手指光明正大地触碰了片刻。他的指尖在我掌心里留下一阵温热的触感，连带着我的脸颊似乎都有些莫名其妙地发烧。

我匆匆地转过头，看见郑熙依然一个人站在原地。她和我竞争了这么多年，我们互相揣摩、互相试探，比了解自己还要了解对方。她的那点心思，我一清二楚；我有什么用意，她也心知肚明。她有些尴尬地站在那里，却固执地不肯离开，向我和楚歌投来直勾勾的视线。

在楚歌面前，我们都不能免俗。我们和许多女生一样，对他怀着几分缱绻的小心思。眼下我明显占了上风，但这还不够。我不躲不闪地迎上了郑熙的目光，慢条斯理地咬开牛奶袋。然后，我在空中停顿了半晌，轻轻地往旁边啐了一口。

果不其然，郑熙的脸色变得难看了。她向我走来，擦肩而过时撞了我的胳膊。我虽然有心理准备，可是她的力度太大，几滴牛奶还是溅在了我的衣襟上。

楚歌低头看着我的练功服，把眉头皱了起来："哎呀，郑熙！你怎么这么不小心？"

"啊，不好意思。"郑熙截断了楚歌的话头，毫无歉意地说，斜眼看着我下意识地用手指去搓衣襟上的渍印。

搓不掉。我的心里顿时涌起一阵恼火。可是我很快就把这阵火气压了下来，转而向郑熙露出一个笑容，眼底依然是冷冷的。

"没关系。"我把声音放得很轻很软，"我的衣服再脏，我也照样跳A角。你的衣服再干净，还不是没人看？"

"哎呀，丹妮，算了算了……"楚歌听到我刻薄的话，有些为难地叫了我一声。

被我戳中了痛处，郑熙一时间紧紧咬住了嘴唇，眼睛微微

发红，看上去恨不得给我一个耳光才好。这句话的杀伤力无疑是巨大的，尤其是在这个敏感的时刻：有一所欧洲的舞蹈学校要派人来怀秀的初中部观看表演，准备从我们中挑一对男女舞者，邀请二人前往欧洲交流。我们学校要表演经典的《天鹅湖》，演员名单虽然没有正式公布，但是我们都心知肚明——在这种国际交流的重要场合，老师自然会选择台风稳健的我做A角，而郑熙必然会沦为我的替补。

我知道郑熙对这次的机会格外眼红。以往的表演也就算了，可是她最大的梦想就是考入英国皇家舞蹈学院。如果能在履历上写上一笔欧洲交流的经历，郑熙无疑会从众多的中国申请者中脱颖而出。大好机会近在咫尺，这次的AB角分配当然令郑熙难以释怀。

就在我和郑熙站在原地僵持不下的时候，舞蹈教室的门向外推开了。

暗流涌动

严老师站在教室门口，微微向里摆了摆脑袋，示意我们进去。她的头发在脑后一丝不苟地盘成圆髻，穿着修身的深红上衣，黑色的裤子勾勒出流畅的腿部线条。

年轻的时候，严老师是我们市芭蕾舞团的首席，后来又参加过多场舞剧的编舞。尽管不施脂粉，可她的举手投足都带着舞者的风韵，修长的脖颈像天鹅一样典雅。她对自己要求严格，对学生也不苟言笑，肃穆的五官别有一番冷漠而动人的味道。尽管她从没有厉声呵斥过任何一个学生，可我们都从心底尊敬她，竭尽全力想要达到她心目中的标准。

虽然隔了一个暑假，但是她连一句寒暄的话都没有说，就简捷地下达了指令：

“扶把。”

学生们像成群的小鸟一拥而入，纷纷找准把位落下，而我轻车熟路地站到了把杆最前面。没有人敢占据我的位置，这是实力的象征。

“两个Demi plie（半蹲），一个Grand plie（全蹲），脚位一二五。”严老师平静地说。这些都是我们烂熟于心的动

作。音乐响起来了，她从我们身旁一个接一个地走过。

“曲悠悠，肩部下沉。”

“周立青，外开不够标准，要用臀部发力。”

“庄子秋，注意头手的协调。”

“程丹妮……”她走到我身边，停顿了片刻，然后露出了一个难得的微笑。

“美极了。”

预料之中的褒奖。我对着练功房的落地镜甜甜一笑。郑熙在我身后轻轻地咳嗽了一声：“德性！”

把位训练后是中间训练。休息的时候，我们围坐在一圈喝水。郑熙跑到练功房的另一头，笑嘻嘻地围着严老师，嘴里不知道在说些什么。严老师微微抿着嘴，让人猜不出她的态度。

“你们猜，郑熙跟严老师说什么呢？”曲悠悠问。

“怎么着，你也想去老师跟前凑热闹？”我反问了一句。

“我倒是想啊，可我哪有那么甜的嘴！”曲悠悠苦着脸说，“我见了严老师，腿都发软，哪能找着话说？”

庄子秋接过话头：“我刚才听了一耳朵，似乎是在说换舞伴的事。”

曲悠悠忽然露出恍然大悟的样子，脸上笑嘻嘻的，满怀狡黠地说道：

“咳，那我知道了！你们猜，郑熙想和谁搭档？”

“快说呀。”庄子秋催促道。曲悠悠踌躇满志地笑着，眼睛滴溜溜地瞄着我，等我主动去问她。我心里清楚得很，却故意装作看不见，就是不接她的话茬。曲悠悠卖了一会儿关子，见我这个主角没什么反应，略带失望地说：

“郑熙就是想跟楚歌搭档嘛！天天说什么不要拘泥于一个搭档，多换换舞伴有利于提高，其实就是为了楚歌嘛！”

一听到曲悠悠的话，女孩子们顿时兴奋地议论起来。作为楚歌的原配舞伴，我的心里虽然一紧，却只能装作无动于衷的样子，任由其他姑娘们在旁边叽叽喳喳。

严老师拍了几下巴掌，一片喧哗的练功房重新安静下来，学生们纷纷回到原位站好。

“郑熙刚刚和我建议：平时练习可以换一换舞伴。我觉得可以试一试。郑熙，你和楚歌搭档吧。丹妮，你试试和立青跳一下。”

女孩子们交头接耳起来，郑熙用力掩饰住喜悦的神色。我恼火地瞪了她一眼，却只能按照严老师的指示，走到了周立青身边。周立青是郑熙的舞伴。他其实跳得不错，只是个头儿矮了一些，没有楚歌那么挺拔。正因为重心低，他的旁腿转像小陀螺一样稳健。

严老师指挥我们练习芭蕾舞剧的选段——“在这一段里，姑娘们，我想要那种‘我的爱人，我在这里’的感觉。”她做了一个优雅的示范，又转向了男生们，“至于小伙子们，我想要你们向前迎上去，单膝跪地，给我那种‘公主，我是你的骑士’的感觉。”

周立青平时就喜欢插科打诨，音乐响起，他嬉皮笑脸地迎了上来，戏剧性地单膝跪地，嘴角挤出一条缝，向我嘀咕着：

“主子，我是你的奴才——”

我用眼角去瞥郑熙和楚歌那一组，楚歌一脸认真地做着动作，郑熙却含情脉脉，扑闪的眼帘欲语还休。我心里一把火气无处发泄，恶狠狠地对着周立青说：

“那就给我闭嘴，狗奴才！”

他惊恐万状地闭上了嘴，差点咬到自己的舌头。看到他这个样子，我又有点于心不忍，但是说出去的话覆水难收，我只能板起脸，做出一副不为所动的样子。

严老师皱着眉，按下了录音机的暂停键。

“同学们，我有几句话想说。”她的神情很严肃，“我希望你们走进这个舞蹈教室的时候，心中只有对舞蹈的热爱，而不是其他的东西。你们逐渐步入青春期，很多事情会左右你们的言行举止。你们会对舞伴有特殊的好恶，或者彼此形成恶性的竞争，这些都是你们要克服的。你们是优秀的舞者，我不希望看到你们把天赋浪费在无谓的琐事上。”

和往常一样，严老师的批判是细水长流的，像一个爱之深责之切的长辈。

“既然选择了这条路，你们就要铭记自己的初衷。”她语重心长地说道，“不忘初心，方得始终。”

她的目光分别在我和郑熙身上落了一下，轻得像是蜻蜓点水，我的面颊却“哗”地一下烧了起来，简直不敢看严老师的眼睛。

休息时间到了，我们三五成群地走进食堂，准备吃午饭。我坐在桌边剥着香蕉，而曲悠悠拿了半截黄瓜，咔嚓咔嚓地啃了起来。迎面经过几个群舞的女生，其中就有阿琼，手里拿着一个裹着奶油的蛋糕卷，想必是从家里带来的零食。她们一走过去，我就用胳膊肘戳了戳庄子秋，使了一个眼色，用嘴形无声地说：

“还敢吃呢！”

庄子秋瞥了一眼阿琼的背影，心领神会地笑了起来。曲悠悠压低声音对我们说道：“她的舞伴，得拿铁锹才能把她撬起来！”

我们都愉快地笑了一阵，郑熙朝着我阴阳怪气地说：

“哟！她不是你邻居么，怎么也不跟你学学好？”

我把脸色一沉，冷冷地笑了一声：“你还是我的替补呢，怎么也不跟我学学好？”

郑熙脸上青一阵红一阵，咬了咬牙又不好发作，大踏步往另一个方向走开了，嘴里不甘心地嚷嚷着：“悠悠，来帮我拢一下头发！”

她自己做战略性撤退，非要带走一个人，面子上才好看一点。既然她们两个都走了，大家也各自散开了。我看准机会，戳了戳楚歌的胳膊，酸溜溜地问道：

“怎么？刚才换舞伴，换得开心不开心？”

楚歌瞪着眼睛，懵懵地看了我半天：

“挺好的呀！不就是练习嘛。”

这句愣头愣脑的话真是把我呛得一口气上不来。我使劲地瞪了他一眼，梗着脖子，不甘示弱地说：“那我也觉得换舞伴挺好的！”

楚歌看上去更茫然了：“可是周立青说你凶他了。”

真是自己挖坑自己跳，我气得哑口无言，摺了手转身就走。楚歌不明所以地站了一会儿，像是忽然明白了什么，急急忙忙地追了上来。我回过头，他抓着我的手腕，脸上泛起潮红，露出一点喜形于色的样子，忙不迭地问我：

“你是不是只想和我跳？”

像是秘密被人揭穿了一样，我忽然恼羞成怒起来。我用力甩了一下楚歌的手，没甩开，不由得更恼了：“干吗呀？拉拉扯扯的！”

他依然抓着我的手腕，过了半晌，支支吾吾地憋出了五个字——

“你放心好啦。”

他只说了五个没头没脑的字，我的脸却忽然烧起来了。

下午是女生的单独练习，小中大跳，基本步伐组合。正当严老师让同学们观摩我的第三Arabasque（迎风展翅）多么优美——“看看丹妮是如何用背部肌肉带动双臂的”，另一个舞蹈老师忽然推开了练功房的门，匆匆地走了进来，在严老师的耳边说了些什么。

我离严老师站得最近，捕捉到了她们的只言片语——“改了日程，下周就要过来看……是啊，我们也没想到这么快，都没准备啊！”

两个老师一起快步走了出去。临到门口，严老师忽然想起了什么，转头对我说：

“丹妮，你先看着她们练一下，我很快就回来。”

严老师一出门，我就顺理成章地转了个身，盯着其他姑娘们说：

“那么，我们从头排练一遍，一个一个来。”

女生们一个接一个地旋转、跳跃，芭蕾舞鞋轻盈地划过地板。我把双手交叉在胸前，一个接一个地点评着——

“别老顾着看镜子！觉得自己长得特美是吧？注意力集中到动作上！”

“脚尖向外！跳了这么些年，还犯这种低级错误？”

终于轮到了郑熙。她翻了个白眼，把整套动作无可挑剔地跳了一遍，还在结尾处加了一个即兴的挥鞭转，颇有几分示威的味道。

挥鞭转是芭蕾舞者的经典动作，也是一块试金石。郑熙的挥鞭转确实和上学期不一样了，干净利落、稳健有力，围观的女生们发出了“啧啧”的赞叹声。

我慢条斯理地看着自己的指甲，看了半天，才不咸不淡地说：“最后的落地太重了。知道的人当你是跳芭蕾，不知道的还当你是锄大地夯坑呢。”

听我这么一说，郑熙不由得怒极反笑：“哦？你还真敢说啊！你的挥鞭转根本就跳不好，还敢挑剔我？”

《天鹅湖》的女主角往往要一人分饰黑白两天鹅，而黑天鹅最著名的动作就是挥鞭转，世界顶尖的舞者可以连转32圈。郑熙虽然跳不了32个，但是眼下看她的动作，分明是下过一番狠功夫，水平绝对在我之上。

电光石火之间，我忽然明白了什么，几乎冒出一身冷

汗——郑熙虽然是默认的B角，可她从来没有死心过。她知道自己台风不如我，就另辟蹊径，用了整整一个暑假苦练黑天鹅的动作，在难度上压我一筹。男生里选楚歌基本是板上钉钉，只剩下我和郑熙角逐女生名额。郑熙虽然不如我表现稳定，可我的舞步过于中规中矩，而她却掌握了标志性的高难度动作——严老师说不定会把我换下来，反而让郑熙上场呢！

郑熙等了半天，却没有像往常一样等到我的反唇相讥，不由得有些诧异，但是很快又得意起来了：“怎么？没话说了吧！技不如人，还有什么可嚣张的？”

事到如今，我也只能应战。我走到场地中央，硬邦邦地回答道：“跳就跳！你可看好了，我只跳一次，反正笨人看了也是对牛弹琴。”

郑熙轻蔑地哼了一声。已经到了这个份上，我没法打退堂鼓，只能屏气凝神，脚尖开始蓄力。

一圈、三圈、五圈……周围的女生交头接耳起来。我的转速更快了，平地带起一阵急促的风。

忽然，我的脚下一滑，身体不受控制地往旁边栽去……

3 失之交臂

我重重地摔到了地上。

左脚踝处传来一阵剧痛，周围的女生齐刷刷地倒吸了一口冷气，连郑熙也愣住了。练功房静了半晌，才有人小心翼翼地问道："丹妮……你没事吧？"

比起身体上的疼痛，更让我恼火的是当众出丑。我一面吃痛地揉着脚踝，一面迎上了郑熙的目光。虽然处境已经很狼狈，我却毫不示弱地瞪着她，梗着脖子说：

"我没事！"

听到我这样说，郑熙从刚才的震惊中回过神来了。一瞬间，她似乎舒了一口气，但是很快，她的神情就换成了不加掩饰的嘲笑。

"真是言出必行。"她故意捏着嗓子，用甜腻腻的声音说道，"说了只跳一次，还真是只跳一次。"

"你！"我气急败坏地盯着她，她却回给我一个风情万种的飞吻，自顾自地走到练功房的另一头，旁若无人地压腿去了。

庄子秋走过来，轻轻拍了拍我的手，那意思是别跟郑熙一

般见识。我只能强压住火气，让她和曲悠悠搀扶着我走出了练功房。校医把我送到了附近的医院。不一会儿，接到电话的妈妈就赶到了。

“伤得重不重？怎么回事？”她心急火燎地跑进了病房。我摇摇头，她又转过身，对医生大声说道：

“医生，你可得给我女儿好好看病！我女儿是舞蹈学校最有天赋的学生！她的腿要是出了什么差错，我们哪能受得住……”

“这位女士，请您不要着急。您的女儿是扭伤，打个夹板，休息两个月就会好了。”

我的耳朵里忽然充斥着嗡嗡的杂音，什么都听不清了。两个月？我哪能耗得起两个月的时间？郑熙已经抢先了一步，我这个时候停练两个月，不就是把名额拱手让人么？

“唉，算了！都已经摔了，还能怎么办？自认倒霉呗！”再三和医生确认过我的伤势后，妈妈不得不接受了这个现实，一肚子埋怨和心疼没处发泄，只能对着我喋喋不休，“小妮子，你说说你，你怎么就这么不小心？怎么好好的就摔了……”

“好了！你有完没完？”

我心里本来就乱成一团，妈妈的唠叨更是火上浇油。恼怒之下，我大声地冲她喊了一句。看着我阴沉沉的脸色，她终于噤了声，露出一点愤愤不平的样子。

夜幕初降，我和妈妈一回到家，座机的铃声就响了起来。我接起了电话，电话那头的人是严老师。我还没来得及开口，她就急不可耐地问道：

“丹妮！我听同学说你去医院了？怎么样？”

我握着话筒，忽然想到——严老师怕是在我们没回家之前就拨打了好几个电话，所以最后这个电话才响得那么准时。听着她焦灼的声音顺着电流嘶啦嘶啦地传过来，停训两个月的消息忽然变得难以启齿，于是我含含糊糊地回答：

“没什么大事，就是摔了一下……”

“那你这几天还能跳舞吗？”没等我说完，她就急急地问，“我今天下午刚接到消息——欧洲那所学校突然把访问的时间提前了，下周就要过来，我们排不完整场《天鹅湖》了，恐怕只能表演一些片段……”

我呆呆地听着她说话。下周？我下个月都好不了，还提什么下周？严老师从我的沉默中听出了一些异样，叹了一口气，带着几分劝慰对我说：

“唉，算了，既然摔伤了就不要勉强……丹妮，你就好好休息吧，我让郑熙先上……”

她似乎还想安慰我几句，却又不知道该说什么，停了半晌，轻轻地挂断了电话。我放下电话，一言不发地支起了拐杖，单腿跳回了自己房间，把门在身后重重地摔上。

我的房间不大，四四方方的墙壁上贴满了我的证书，高低起伏的架子上摆满了琳琅满目的奖杯。密密麻麻，没有一丝留白。我“啪”的一声关了灯，连衣服都没脱，就倒在了床上。

隔着门板，妈妈的声音嗡嗡作响：“小妮子，怎么，还没吃晚饭呢，你就回屋了？刚才是谁的电话？是不是你们严老

师……”

我没有回答。在一片黑暗中，我沉默地睁着眼睛，牙齿死死地咬着嘴唇，直到口腔里弥漫起一股淡淡的血腥味——凭什么？凭什么？这个名额明明是我的，是我程丹妮的！只有我才配跳A角！只有我才配站在万众瞩目的聚光灯下，习以为常地接受观众的掌声！

不知道过了多久，在一片虚无的黑暗中，我的整个身体变得越来越轻，像是在夜海上缓慢地漂浮着。

直到一阵敲门声把我惊醒。

“睡得好吗？腿疼不疼？”妈妈把脑袋从门口探进来，略带埋怨地絮叨着，“你这孩子，昨天连饭都不吃就睡了。赶紧起来吧，你爸爸买了早餐——”

我从床上慢慢地坐了起来。夜晚的保护屏退去了，昨天的记忆再次鲜活起来，火辣辣地灼烧着我的神经。

餐桌上摆着热气腾腾的小笼包和油条。“闺女，你的腿怎么样了？”爸爸关切地问，然后又指了指桌子上的早饭，带着一点邀功的口吻说：

“我买了素菜馅的小笼包——绕了两个街口才买到的。你不是不吃肉馅吗？那就尝尝素的。你看你，还在长身体呢，都瘦得不成样子了——”

我固执地摇了摇头：

“我要跳芭蕾，不瘦怎么行？我摔了腿，在家里闲着没事，就是在白养肉！还吃什么吃！爸，你就别添乱了,行不行？”

一边说，我一边赌气似的从袋子里掏了半片黑面包，塞了一角在嘴里。爸爸一时间说不出话。过了半天，他无可奈何地说：“那么，喝杯豆浆吧。”

“有糖吗？”我问。

“有……”

“不喝。”我简短地回答。

妈妈端起盛着豆浆的瓷碗，用勺子搅了一搅，忍不住抱怨道：

“这次你下来了，郑熙就要跳A角了吧！”

我没吭声。妈妈继续嘀咕道：

“要不是我们小妮子摔了腿，哪能轮得到她！她有什么好的？就会围着老师拍马屁！你们上次开放日，我一进门就看见她围着老师团团转，跟苍蝇叮蛋似的！我可听阿琼她妈说了，郑熙老是拿不着A角，她们家惦记着要给老师送礼呢！这下好了，礼也不用送了，白捡一个大便宜……”

我既然和郑熙是对手，我妈妈和郑妈妈就顺理成章地划清了界限。两个人表面上老死不相往来，暗地里却总是时刻打听着对方的消息，生怕错过任何一丝风吹草动。

“哎呀，你少说两句吧！”爸爸打断了她，“你说这些话，不是净给闺女添堵嘛！”

妈妈哪能善罢甘休，立刻把矛头转到了爸爸身上：“还不是怨你！我早说了，把小妮子送到她美国的小姨家去，竞争压力也不至于这么大！中国孩子这么多，干吗让小妮子留在国内争这个独木桥？就是你天天说什么舍不得孩子，现在可好，孩

子把腿摔了！这下你舍得啦！”

“一码归一码。”爸爸无奈地说，“闺女腿摔伤了和出不出国有什么关系？她这么小就跑到异国他乡，跟亲戚一起住，得受多少委屈？”

“丹妮的小姨是我亲妹妹！她对丹妮就像对自己女儿一样！能有什么委屈……”

我的心情已经降到了低谷，他们的争吵更是雪上加霜。我实在听不下去了，紧紧抓着拐杖，从桌子边猛地站了起来，转身又回到了自己的房间里。

4 背水一战

空中击腿落地，足尖上三圈。天鹅展开簌簌的双翼，从如镜的湖面上低低掠过，带着风和水的轻盈与优雅。

随着一个乐章的尾音落下，每一只天鹅都把长颈转向了舞台右侧。她们带着柔顺的臣服，等候我的出场。

所有的光聚集成一点，所有的眼睛都向我看，无人敢与我一争锋芒。

我是独一无二、不可替代的程丹妮。我是天鹅里的王。

大跳组合，双圈接双接三，倒踢紫金冠。一环扣一环，行云流水。

终于到了最后一个动作，男舞者的托举，女舞者的定格。我一如既往地起跳，提气，等着楚歌把我从胯部托举起来。

可是有什么东西不对劲了。就在我离地的那一瞬间，楚歌忽然消失了。

我想要尖叫，僵滞的声带却发不出任何声音。群舞消失了，观众消失了。地板、音乐、光，一切感官的体验都消失了。

我一头向前栽去，栽进了永无止境的黑夜。羽衣上的每一

根丝线都变成了未经驯化的野蛮植物，恣意地生长着，紧紧地勒进我的血肉里——

我猛地从床上坐起来，大口大口地喘着粗气，睡衣已经被汗湿透了。我的心跳那么剧烈，几乎砸得胸腔隐隐作痛。

我摸摸索索地下了床，单脚跳到镜子前面。镜子里的我面色灰白，两个眼窝深深地陷下去，简直有几分孤魂野鬼的样子。

不，这个比喻也太可笑了。我使劲拍打着脸颊，总算揉出了一层红晕。然后，我转了个身，把窗帘用力拉开——青天白日都透进来了，噩梦的阴影像潮水一样退去。

今天就是欧洲代表抵达的日子，妈妈早就起床了，从厨房里端出早饭。我一只手在脑后撩着头发，另一只手摊开在她面前，她连忙迎上来，在围裙上擦了擦手，把梳子和发绳放进我手里。

扎头发的时候，我漫不经心地看了一眼墙上的黄历——

今天是个黄道吉日，青龙、天德、玉堂、司命、明堂、金匮，六神值日。诸事皆宜，不避凶忌。

黄道吉日。我把头垂了下去——真讽刺啊，黄道吉日？谁的黄道吉日！

妈妈招呼我到餐桌边坐下。我犹豫了半晌，对她说：

“我想去看……选拔表演。”

我不甘心。哪怕我上不了台，我也一定要亲眼看一看，看看郑熙是怎么跳《天鹅湖》的，看看她会以什么样的姿态站在本属于我的位置上，鸠占鹊巢，耀武扬威。

爸爸把我送到了学校。更衣室里已经忙成了一团，女孩子们跑前跑后地换舞衣，互相帮对方描眉画眼。郑熙坐在梳妆镜前，早早地挽好了一丝不苟的发髻。

我站在门口，一种前所未有的空虚感忽然席卷了我的全身。要是在往常，我应该坐在最中间吆五喝六，指使低年级的学生帮我跑腿，一会儿要眉笔一会儿要口红，让所有人都围着我团团转。可是现在我却孤零零地站在门外，恍若隔世。这种失落感啃噬着我的五脏六肺，我连一刻都忍受不下去了，正要转身离开，我忽然从镜子的反光里看到了郑熙的眼睛。

我们四目相对，郑熙见到我，先是一惊，随后是一声不以为然的冷笑。我摸摸索索地抓紧了我的拐杖，正要从门口逃走，她却已经一个箭步追了上来。

“你来看表演啦？”她笑吟吟地对我说，“那就早点去观众席上找个好座位，好好看着我是怎么跳A角的。”

这么些年来，郑熙屈居人下的怨气终于发泄出来了。她得意洋洋地看了我一眼，转身去后台压腿热身了。临走之前，她有意无意地瞥过我的伤腿，嘴角似笑非笑地抽动了一下——

“活该。”

她扔下轻飘飘的两个字，一阵风似的走了。我僵硬地站在原地，脸上一阵红一阵白，满腔的耻辱和愤怒都随着热血一起冲上心头。一大堆碎片式的回忆紧跟在那句“活该”的后面，猝不及防地响了起来，震得我的耳膜嗡嗡作响——

“你前途无量。”

所有的老师都这样说。我的身体是严格按照三长一短的比例而生长的——腿长，臂长，脖颈纤长，同时头颅小巧。怀秀是我们市最好的舞蹈学校，曾经出过许多国家级别的舞者。我来怀秀面试的那天，严老师亲自拿着尺子从我的颈椎第三节量到臀线，又从臀线量到跟腱处，证明我的下身比上身长十五厘米，是芭蕾舞者的黄金比例。

她看完了我的舞步，往日里不苟言笑的眼睛闪闪发光。“你是为芭蕾而生的。”严老师对我说。妈妈在一旁激动得快要哭出声来。

“你是妈妈一生的骄傲。”

不知道从什么时候起，这句话就一直挂在妈妈嘴边。她是一个迟暮的美人，年轻时也曾梦想成为一个芭蕾舞者，可惜身高只有一米五出头，舞蹈老师明确地告诉她——她永远不可能跳领舞。于是她退下来了，从此不提芭蕾二字——直到我的出生。

主卧室的床头本来挂着爸爸妈妈的结婚照，后来却换成了我和妈妈的合影。那时我未满四岁，初涉芭蕾，小小的身上套着一件白色的蓬蓬舞衣，说是小天鹅，其实更像一只摇摇摆摆的小白鸭。我一本正经地站在妈妈臂弯里，两条小腿努力地做着外开。

妈妈的脸庞贴在我的面颊旁边，我们的眉眼惊人地相似。我继承了她的脸，还有爸爸的高个子——妈妈所有未能实现的梦想再一次苏醒。在我的身上，她看到自己又活过来了，比之前更加完美，更加接近太阳。

妈妈的面庞消失了，取而代之的是楚歌的容颜。他那双黑色的眼睛闪动着光芒，像是夜空里倒映着万顷星河：

“丹妮……我们会一直在一起吗？”

那是在一场表演结束后，天鹅绒的帷幕落了下来。一对一对的男女舞者手拉着手，准备进行谢幕。我和楚歌刚刚完成了一场完美的配合，每一个动作都无可挑剔。他向我转过头，脸上洋溢着成就感，喜笑颜开地问我：“我们会一直在一起吗？”

也许他是想问“我们会一直在一起跳吗”，但是幕布在这一刻拉起来了，聚光灯打在我们脸上，观众雷鸣般的掌声把他的尾音尽数吞没。我的心跳忽然漏了一拍，没有回答楚歌，却紧紧地拉住他的手，向观众深深鞠躬。两个隐秘的音节如鲠在喉，却怎么也说不出口——“会的”。

可是我的承诺没有兑现，我们不能在一起跳舞了。郑熙成为了主角，郑熙会拿到名额，郑熙会和楚歌一起去欧洲，在艺术的殿堂里翩翩起舞。楚歌会扶住郑熙的腰，跳着一圈圈的glissade en tournant（快速滑步）。

转身的时候，郑熙的目光落在我身上，轻轻地启唇——

“活该！”

所有杂乱的声音都结束了，我又回到了冷冰冰的现实里。我低下头看着腿上笨重的夹板。我哪里还像天鹅公主呢？分明是一只落入捕兽夹的惊弓之鸟。

不，我不要这样。我弯下腰，手指微微地颤抖着，解开了腿上的夹板。我的腿摆脱了夹板的束缚，顿时轻盈了不少，像

是一身晦气都一同消失了。

慢慢地，我扶着墙壁站了起来，手心紧张得直冒汗。我小心翼翼、如履薄冰地把左腿落在地上。脚踝处传来一阵闷闷的疼，并没有疼得太厉害，是我能忍受的程度。

也许医生言过其实了，也许情况根本没他说的那么严重。毕竟已经静养了一周，我的伤势一定改善了很多。一定是这样的，只有我才最了解自己的身体。我忍着脚腕传来的不适，小心翼翼地做了几个擦地的动作，然后是半蹲和全蹲。

我可以的，我可以坚持住！我反复对自己说：只要今天的选拔顺利结束，我就可以好好休养一段时间，直到寒假再前往欧洲。

一面这样想着，我一面咬紧牙关，挺胸收腹，做了一个缓慢而优雅的旋转。

我要上台！无论发生了什么，我都要上台！郑熙休想把我的机会抢走！

脚踝处依然隐隐作痛，可我下了决心要忽视它——伤痛是芭蕾中不可避免的一部分，是闪光灯背面的阴影，是白缎舞鞋下血淋淋的扭曲足趾。我听说过许多可怕的故事——专业舞者对腿上的韧带打十几次封闭，导致韧带越来越脆弱，一用力就可能撕裂；芭蕾伶娜的膝盖软骨严重磨损，前半生立在足尖上，后半生却只能坐轮椅。更不用说那些肩部变形，胯部变形，腰椎间盘突出，吃止痛药吃得胃出血……

这些故事的结局我都耳熟能详，可是我依然没法停下来。穿上芭蕾舞鞋的那一天，就像是穿上了童话中受到诅咒的红舞鞋，只能永不停歇地舞动，直到力竭而死。

幕布马上就要拉起来了，所有的舞者都在自己的位置上站好，郑熙也不例外。就在这个时候，我从舞台后面走了出来——

一步，两步，我穿着芭蕾鞋，稳稳地走在地面上。周围顿时响起了一阵交头接耳，郑熙呆呆地站在原地。那神情，大白天活见鬼也不过如此。为了她脸上这一刻的表情，我都觉得值了。

我忍着脚踝上传来的痛楚，像是排练了无数次一样，昂首挺胸地站在了舞台中央。

“用不着你了。”我在郑熙的耳畔说，声音又轻又软，“我的伤已经好了。”

周围的窃窃私语更响了，郑熙的脸一阵青一阵白。我看在眼里，还要不依不饶地、亲亲热热地加上一句：

“这几天，真是辛苦你这个替补了。”

我把“替补”两个字说得格外重。有几个刻薄一点的女生听出了我的弦外之音，已经忍不住咯咯地笑出了声。郑熙勉强扭动着嘴唇，像是要挤出一个无所谓的笑容，却比哭还难看。

“丹妮，你的腿——”严老师一脸惊诧地望着我。

“老师，我的腿早就好了，一点事也没有。”我大声回答。

郑熙定定地站在原地，一步也不肯挪动，刚才在更衣室里的盛气凌人全都烟消云散。这一刻，她的脸上写满了惊慌，用乞求的眼神望着严老师。正当严老师左右为难的时候，楚歌却

开腔了：

“既然丹妮的伤好了，郑熙你就下去吧。我本来就和丹妮配合得更好。”

其他女生的暗笑声更响了。她们虽然没法和楚歌搭伴，但她们也对横插一脚的郑熙抱有本能的反感。郑熙终于朝着严老师开口了：“严老师……”

她的声音发哑，带着一点无助的味道。但是严老师低着头，避开了郑熙的视线，那样子分明是默许了我的行为。郑熙的神色终于绝望起来。她的肩膀一高一低地耷拉着，像是斗败的公鸡一样，慢慢地退到了一旁。

尽管下了舞台，她也不肯坐下，而是默不作声地压起了腿。她固执而孤独地重复着热身的动作，一遍又一遍，抱着一线渺茫的希望。老师和同学匆匆忙忙地从她身边走过，谁也顾不上对她多说一句话。

帷幕缓缓拉开了，来自欧洲的舞者端坐在台下。聚光灯打在我的头顶，整个身子仿佛沐浴在涅槃的光焰里，几天来的阴霾一扫而光——芭蕾是我的生命啊！没有人能把它夺走！

随着音乐奏响，我徐徐舒展双臂，一圈圈地旋转，从舞台上跳跃而过。我努力集中精神，可是左脚踝却疼得越来越厉害了，每一步都像是小人鱼踏在刀尖上。

随着节拍越来越欢快，冷汗开始顺着我的脊背滑落，头也一阵阵地眩晕起来，但还能勉强支撑。黑天鹅的选段马上就要到了。挥鞭转，一想到这个动作，我的心中就蒙上了一层不祥的阴影。

但是无论如何，我都得咬着牙把动作做完。一圈，三圈，五圈——

我的重心开始摇晃，眼前一阵阵冒着金星，脚踝传来钻心的疼痛——

随着一声轰然巨响，整个世界仿佛在这一刻崩塌。观众席上发出了一阵惊呼，而我神经里紧绷的弦终于在这一刻断裂。我无力地合上双眼，坠入了无边的黑暗。

5 天鹅之死

首先跃入眼帘的是一片洁白的天花板。我缓慢地眨着眼睛，一时间反应不过来自己在哪里。

“醒了！醒了！”

周身的每一个关节都像生了锈一样，我费力地转动着僵硬的头颅，循着声音看过去，父母都红着双眼坐在床边。

我忽然明白了——我又进了医院。“表演呢？我的表演呢？”我突然想起了之前发生的事，猛地掀开被子，“我还没有跳完……”

妈妈伸手按住了我。她破天荒地没有唠叨,而是不住地摇着头：“小妮子，别去想那些了……好好休息吧……”

她的声音里带着哽咽，我的心慢慢缩紧了。“发生了什么？”我颤抖着问，“选拔结束了，对吗？他们还是选了郑熙？”

一切努力都付诸东流了！我的所作所为，全变成了自取其辱！

妈妈忽然抑制不住地哭出了声。笼罩在我心头的阴云越来越大，压得我简直喘不过气。

“到底怎么回事！你说呀，你说清楚！”

妈妈徒劳地张了张嘴，却一个字也发不出来，像一条濒临渴死的鱼。爸爸接过妈妈的话，饱含痛苦的眼睛欲言又止。终于，他轻轻地对我说道：

“闺女……你恐怕再也不能跳舞了……”

从爸爸断断续续的诉说中，我终于一点点拼凑起了事情的经过——在表演的时候，我不但撕裂了尚未愈合的旧伤，还从舞台的边沿上摔了下来，彻底把左脚踝摔断了。

空气中弥漫着一阵难熬的沉默。我不去看任何人，只是翻身下床，死死地瞪着面前的大理石地板。我的左腿异常虚弱，像是丧失了一部分知觉。我曾经像一台精密的仪器，牢牢掌握着每一块肌肉的律动。这种不可控制的感觉让我整颗心都悬空了。

爸爸伸出手想扶我，我却把他的手甩开了。我用尽全身力气迈开一步，然后又是一步。终于，妈妈用一声啜泣打破了死一样的寂静。她用一张旧手帕紧紧捂住嘴，泪水滑过她眼角的鱼尾纹。

一切都不一样了。爸爸转述着医生的诊断，每个字都是一场触目惊心的审判，余音反复刺痛我的耳膜：“伤到了神经……哪怕骨头长好，也会留下永久性的后遗症……”

跌落舞台给我留下了永生的创伤。首先是我的脚踝，留下了一道红蚯蚓似的疤痕。如果只有疤痕倒好了！虽然丑陋，至少还能用衣物掩人耳目，留下几分自欺欺人的余地。可是我还落下了永久性的跛足。只要我迈出一步，就能明显地看出肩膀

的一高一低。

我再也没法跳芭蕾了。在我十四岁这一年，我作为舞者的职业生涯彻底结束了。我将要用一生去忍受旁人的飞短流长，以一个残次品的身份苟延残喘。

我不知道接下来的几天是怎么度过的。从医院回家后，我就整天坐在床上，紧紧地拉着窗帘，似乎只要看不到日升月降，时间就不会再前进。爸爸妈妈轮流请假，想要留在家里照顾我，我却把他们锁在门外。除了去盥洗室，我拒绝迈出房间一步。他们小心翼翼地把盛着三餐的托盘放在我门口，而我往往一整天连碰也不碰，任由妈妈变着花样做的饭菜变硬变凉。

亲朋好友打来了很多个慰问电话，妈妈接起来的时候总是把声音压得很低，生怕我听到以后再受一次刺激。阿琼妈妈提着水果，探头探脑地拜访过一次。我坚决不肯见她——这个传话筒，转头就会把打听到的消息添油加醋地传遍整所学校。

严老师也来了，可我把自己锁在屋里。她在客厅里从白天坐到晚上，终于叹息了一声，托妈妈转给我一本书和一张字条。书是史铁生老师的《我与地坛》，字条上是一行清俊的字：失之东隅，收之桑榆。

我想把字条撕掉，可是在手里捏了半天，最终只是揉成了一团，扔到了床底下——残疾没落在她身上，她当然可以轻轻松松地说一句“收之桑榆”。还有什么可收的呢？我已经把一切都输掉了。

只有一个人进了我的房间——楚歌。他来探望的时候，我终于开了门。楚歌满怀忧伤地望着我，手里还提着一袋牛奶。

“你再也不能跳舞了吗，丹妮？”

他垂下眼帘，脸上带着悲天悯人的神色。那神情真让我难受，我宁可要楚歌讨厌我，也不愿意让他怜悯我。

“那你呢？你还要继续跳舞，对不对？你要和郑熙成双成对，一起跳舞，一起去欧洲！我摔瘸了腿，我不配做你的舞伴了，你正好以旧换新，不是吗？”

我尖酸刻薄地说道。他的表情顿时变得委屈而痛苦，而我的心里扭动着小蛇一样恶毒的快意，似乎这样就能把我的绝望与不堪都转嫁到他的身上。

“我知道你心里难受。”他强忍着情绪对我说，“可是这又不是我的错……”

“那就是我的错喽？”我尖厉地冷笑了一声，“那就请你大人不记小人过。我祝你一路顺风，平步青云。”

楚歌只要换个舞伴，就能继续奔向他的似锦前程，而我只能像困兽一样陷在泥潭里，徒劳地舔舐永不愈合的伤痕。他终于被我激怒了。他气得嘴唇发抖，面颊涨得通红，重重地摔门而去。地上留下了一串星星点点的印迹——愤怒中的楚歌无意识地攥紧了拳头，把牛奶袋捏破了。

这是他最后一次给我带牛奶了，我近乎残忍地想着。隔着门板，妈妈诧异的声音响了起来：“咦？楚歌，怎么刚来了就要走……”

她忽然停住了，因为我的房间里传来了一声巨响。她愣了两秒，然后冲到我门前，用力地拍着门：“丹妮！丹妮！”

房间里没有传来回应，却传出了接二连三的巨响。妈妈死

命地砸着门。她那样一个娇小的女人，此时却爆发出了惊人的力量，生生用肩膀把我的门撞开了——

我踩在一地亮晶晶的玻璃碎片里，对妈妈的呼唤充耳不闻，只是从柜子里抓出一个又一个舞蹈比赛的奖杯，发疯似的摔在地上。妈妈冲了上来，死死地抱住了我："丹妮……小妮子……你别做傻事……"

我挣脱了她的怀抱，又跑到墙边，开始撕墙上的奖状。妈妈跟上来，张开双臂贴在墙边，想从我手中抢救下一点东西。

我喘着粗气站了片刻，忽然转过身，冲到了衣柜面前。我歇斯底里地从衣柜里扯出一件又一件舞蹈服，抄起床头的剪刀，把一条条芭蕾裙绞成碎片。妈妈从我手里夺走了剪刀，我就用上了自己的指甲甚至牙齿，把镶着羽毛的白色芭蕾裙疯狂地撕成碎片。

白色的碎缎子纷纷扬扬地撒满整个房间，像一场无根雪，像一场天鹅的陨落——死了，一切都结束了！芭蕾曾经是我的生命，如今命运把芭蕾夺走了，把我的翅膀活生生地撕去了！

我看着那些飘落的残羽，恍惚间想起了一个希腊神话。有一个追逐太阳的人，曾经用蜜蜡黏起羽毛，编织成一双翅膀。他是那样接近太阳，无法承受的光和热终于毁掉了他的双翼，终于使他葬身海底。我忘记了那个人的名字，可那个人分明就是我啊——白天鹅的羽衣，太多的荣耀和赞美，织成了我的蜜蜡翅膀——我被自己追逐的太阳毁掉了啊！

身心俱疲的妈妈膝盖一软，缓缓地跌落在我身边，虚弱无力地哭了起来：

“小妮子，妈妈知道你心里苦……你有什么气，冲着妈妈发吧，不要伤害自己……都是妈妈的错，妈妈不该让你跳芭蕾，不该送你去舞蹈学校……”

她的哭诉终于唤醒了我的理智。像是耗尽了毕生的力气一样，我无力地垂下了双手，把头抵在妈妈的肩膀上，从嗓子里发出了哽咽的哭声。妈妈颤巍巍地抬起手，小心翼翼地抚摸着我的头发。

“妈妈，我活不下去了。与其做一个残废，我宁愿去死。”我用空洞的声音说，“你要是我亲妈，你就杀了我吧……你行行好，杀了我吧。”

妈妈单薄的身体像是麦田里的筛子一样颤栗起来。她太了解我了，我从小就是说一不二的倔脾气——如果有了轻生的念头，我一定会付诸行动的。

“不……不，你听我说，你听我说，”她紧紧摇着我的肩膀，语无伦次地说道，“还没完呢！还没结束呢！你的腿还有希望的！你小姨给我打过电话了……让我们去美国接受治疗，那里有全世界最好的运动伤科。只要能治好你，花多少钱都行！”

初见约瑟夫

在一万米的高空上，我把遮光板拉开一道缝。隔着深色的玻璃，太阳变成了一个耀眼的小光点，光点下面是辽阔无边的海洋。

“我们正在横跨太平洋。海的另一边就是美国。”

爸爸把头侧过来，在我耳边轻声说道。这些天以来，他和妈妈满面倦容，却又总是在我面前强颜欢笑，想方设法地给我打气。

我们三个正坐在前往美国的飞机上。美国！去美国找医生！这是眼下支撑着我们全家的唯一希望。

我慢慢地扭过头，看了一眼爸爸妈妈。爸爸伸出手搂着妈妈日渐消瘦的肩膀，而妈妈把头垂在爸爸肩上，早已经疲倦地睡着了。

我们是不是又在追太阳呢？美国真的会有好医生吗？真能治好我的腿吗？我们是不是又在追一个徒劳无功的幻影呢？

我不知道，也不敢细想。我实在没法再承受一次失望的滋味了。

来机场接我们的是姨夫迈克，一个身材结实的美国南方男人，在美国东海岸有一座小小的农场。我们以前也来美国看望过小姨，和迈克都很熟悉。他用一如既往的热情和我们逐个打招呼，嘹亮的大嗓门和我们一家的死气沉沉形成了鲜明的对比。

我们坐在他的车里，一路穿过暮云秋树。天空泛着知更鸟蛋壳一样的青蓝色，牛犊在田埂间津津有味地嚼着草叶。

“你们来得正是时候！”迈克快活地说，露出骄傲的样子，“弗吉尼亚有世界上最美丽的秋天！”

我敏感的神经被刺痛了一下——的确，迈克好几次邀请我们来看弗吉尼亚的秋天，可是我平时都在学校集训，只有寒暑假才能到美国来。现在我再也跳不了舞，自然有大把的空闲来看风景了。

“我们马上就要进入全美最著名的公路了——”迈克戏剧性地停顿了一下，“蓝脊山公路！”

我沉浸在自怨自艾的情绪里，对他故弄玄虚的口吻很是反感。我转过头，漠然地看向窗外，却被眼前的景色惊呆了——

公路两旁是遮天蔽日的秋叶，饱满的金黄，炽热的枫红，就像是一盘最鲜艳的颜料尽数打翻在画布上。迈克没有言过其实，弗吉尼亚的秋天是我此生见过的最热烈的季节，人所能想象的一切明亮色彩都聚集在这里。

驶出公路后，我们转上小路。小姨一家就住在山脚下。蓝脊山，黄草地，中间矗立着一间小小的红房子，四周是一圈细细的白栅栏，像是明信片上一张镶着白边的红色邮票。

白栅栏外套着一圈更加广阔的白栅栏，一直绵延到我的目

光尽头。那片土地就是姨夫的农场了。小姨早已经牵着小表妹等在门口。小姨比妈妈小十二岁，整整一轮生肖。妈妈照顾小姨就像照顾半个女儿，两姐妹感情好得蜜里调油。后来小姨出国留学，认识了农场主迈克，也就是现在的姨夫。小姨早就在电话里了解过我家的情况，一句话也没有多问，就贴心地带我们进屋休息了。

四岁的混血小表妹藏在小姨的裙子后面，瞪着一双好奇的大眼睛。她的名字叫Annie，安妮。和我的名字对仗工整，一听上去就是姐妹。一开始，安妮还有点害羞，但是很快就快活起来，紧紧地黏在我后面，用不熟练的中文叫我姐姐，像一条甩不掉的小尾巴。

“还在倒时差吗？”小姨柔柔地问我，“我把你的床铺好了，要不要先睡一会儿？”

我摇了摇头。我确实很疲倦，却毫无睡意。坐了十几个小时的飞机，我的全身都僵硬了。

“那么，你带着安妮去外面转转吧，等到吃晚饭了，我就去叫你们。”小姨说道，转身进了厨房。厨房里有一个大大的木制落地柜，里面整齐地陈列着白色的瓷碟和银色的刀叉，还有一个四十英寸长的金属圆罩，小姨说是感恩节用来罩火鸡的。看到我还拘束地站在原地，小姨像是不经意地加了一句：“外面没有人，很清静，景色很好的。”

我立刻体会出了小姨的意思——她知道我不愿意让人看到我的跛足。她的细致入微让我有些感激，于是我点了点头，牵着安妮软软的小手，走到后院去了。

空气里有泥土和青草的湿润气息。我倚着篱笆，怔怔地望着绵延的红土地。安妮叽里呱啦地说着英文。我的英文并不好，进了怀秀以后，更是一心练舞，英文上的功课生疏了不少。安妮说的话，我只能似懂非懂地听着，思绪却已经飘出了九霄云外。

忽然，一阵清脆的车铃声在我身边响了起来，惊起了草梗间一只红胸脯的小鸟，簌簌地扑着翅膀。我转过头，发现一个戴着棒球帽的男孩子骑在自行车上，帽子下面露出一撮金红色的头发，像一团小小的火苗。他笑嘻嘻地打量着我，一条腿支在地面上，鞋帮上沾着星星点点的泥巴。

我慌乱了一瞬间——怎么会有外人呢？我最恨外人看见我的残疾！我站在原地不动，默默祈祷他只是个过路人，可是安妮显然和他很熟悉，非常开心地叫了一声："约瑟夫！"

他冲安妮点点头，把头向我转了回来，"你好！我叫约瑟夫！"

我没有回答，约瑟夫继续自顾自地说道："我以前没见过你，你是安妮的姐姐？"他打量着我和安妮有几分相似的东方面孔，又猜测道："要不，就是表姐？"

我凶巴巴地瞪了他一眼。他等了半晌，见我不说话，忽然露出恍然大悟的样子。

看来他终于识趣了，我心里想。这下他总该走了吧。然而我大错特错，约瑟夫不但没有走开，反而放慢了语速，露出一副自以为和蔼可亲的样子，一个字一个字地对我说：

"你——是——不——是——听——不——懂——英——

文——”

我所剩无几的耐心终于被耗光了。没等他说完，我就用中文粗鲁地说：

“滚蛋！”

他虽然听不懂中文，却一定感受到了我的恶劣情绪。他做出一副惊恐的样子，吐了吐舌头，不但不生气，反而模仿着我的发音，笑嘻嘻地说：

“哦！滚蛋！这就是你的名字吗？你的名字叫滚蛋？”

他这副无赖的样子让我气极反笑。看到我的表情缓和了一点，他更来劲了，把自行车往篱笆上一架，死缠烂打地问：

“那你告诉我你叫什么，我就不叫你滚、蛋了。”

我不理他，他就蹲下来，逗小表妹说：

“安妮，你最乖了——你告诉我，她是谁呀？”

“丹妮，丹妮。”小表妹立刻就把我出卖了，还自豪地挺起了胸膛，“丹妮是我的表姐！”

“哦——”他笑嘻嘻地发出一个音节，不无得意地瞥了我一眼，像是存心要惹我生气一样，拖腔拖气地重复着：“原来她是丹妮，丹妮。丹妮是安妮的表姐。”

“对的，对的！”小表妹不明所以，拍着手咯咯直笑。

“走开！”我终于从自己为数不多的英文词汇中找到了这句话。约瑟夫却露出更加得意的样子：“你看，我就知道你会说英文。”

说完这句话，他又大模大样地倚着篱笆，用无辜的语气对我说：

“我为什么要走开呀？我就住在隔壁——我是站在我自己家的院子里呀！你要是不高兴，你为什么不走开呢？你看，你还站在这里不动弹，是不是舍不得我呀？”

我当然不能走开了！只要我一迈步，约瑟夫就会看出我左脚的异样。我又气又急，想不出更多的英文，只能涨红着脸站在原地。就在我和他大眼瞪小眼的时候，小姨的声音从厨房的窗口传了出来：

“丹妮，回来吃晚饭吧。”

说完这句话，小姨又丁零咣啷地忙了起来，对我的窘境一无所知。表妹听到妈妈的声音，迫不及待地往屋里跑。留下我一个人，站在约瑟夫戏谑的眼神里，进退两难。

我实在没有办法再僵持下去，恨恨地咬住嘴唇，瞪了约瑟夫一眼，一跛一跛地走回了屋。转身重重地摔上门时，我似乎看到约瑟夫惊诧的眼神一晃而过。

现在你看到了吧，我是个残废！你高兴了吧！我带着破罐子破摔的恨意想。

我一定要把腿治好——我没有退路。在任何人眼里，甚至在我自己眼里，我都是怪异的、丑陋的、格格不入的。

与其带着这种耻辱活一辈子，我不如去死。

神迹

接下来的几周里，父母带着我东奔西跑，连着约见了好几个医生，接受一遍又一遍的检查。

然而得出的都是一模一样的结果——

永久性的跛足。

夕阳给田野笼上一层温暖的光晕，我沉默地坐在小姨家的阳台上。妈妈从我身后轻轻走来，她憔悴的眼窝显出深深的倦意，可是她强打起精神，不肯在我面前流露出低落的情绪。

她俯身问我："外面景色这么美……想去散步吗？"

我一言不发地摇头。"那么，想去看新上映的电影吗？"她问。

我依然摇头，她却依然不肯放弃："你小姨说，有一家很好的咖啡店……"

"够了。"我轻轻地说，"为什么要让我出去招摇过市呢？一定要让所有人都看到我是个残疾，你才满意吗？"

妈妈一瞬间噤了声。我带着决绝的神情，抬头迎上她受伤的眼神。

"走吧，回家吧。不要再尝试了。"我说，"别再自欺欺人了……放过我吧。”

她怀着深深的痛苦看了我一眼，却什么也没说。自从我跛足以来，妈妈的性情大变，唠叨日益减少，简直和以前判若两人了。

“好，咱们回家。咱们回家好好过日子。”终于，她像是下了极大的决心，咬咬牙对我说道，“丹妮，你别怕——爸爸妈妈有工资，有钱！等爸爸妈妈老了，就是去摆地摊，也会养你一辈子！”

她坚定地望着我。我沉默了片刻，终于点了点头：

“那么，我想要个弟弟妹妹。”

妈妈愣了一下，我面无表情地说道：

“你和爸爸总会走的。你们生个弟弟妹妹，将来还能有人照顾我。”

妈妈像是根本没料到我会这么说，露出了惊愕的神色，但是我固执地盯着她：

“你必须答应我！无论如何，你都要给我生个弟弟妹妹。国内现在有二胎政策了，你和爸爸又年轻——你必须答应我！”

我们对视了很久。终于，妈妈疲倦地点点头：

“好，都依你。我这就去收拾行李。”

她走了。在她身后，我忍了许久的眼泪终于落了下来。我怎么会允许自己像一个累赘一样活着呢？让我像吸血的蚂蟥一样，紧紧吸在爸爸妈妈，甚至是未出生的弟弟妹妹身上，直到抽干他们的最后一滴血呢？

一直缩在袖子里的手终于伸出来了。我低下头，看着手里银光闪闪的小刀。一滴泪水落了下来，打在冰冷的刀柄上。

不要哭了，不要哭了。我用冷酷的语气对自己说，可是眼泪还是抑制不住地往下掉。我悄无声息地站起身，走进了暮色中的无边田野。

暮色已经转暗，夜晚悄悄爬上我的脊梁，沉甸甸压在我的肩上。四周空无一人，只有我深一脚浅一脚地走在田野上。鸟飞绝，人踪灭。我怦怦的心跳声，在这窒息般的寂静中，震得五脏六腑都发疼。

终于，我在农场的尽头停住了。我手脚并用，拖着虚弱无力的左腿，吃力地翻过了象征着边界的白栅栏。既然要结束自己的生命，我不想把血溅在属于小姨的土地上。

我又走了一段路。回头看去，白栅栏已经显得很小了。刀柄的冷意顺着手指传遍了我的全身。心跳开始变慢，血管像是渐冻的河，流淌得越来越微弱。

这是我从厨房里偷出来的刀。我举起小刀，借着日落前的最后一线微光，把刀尖抵在自己的手腕上。我的手腕那样脆弱，皮肤下的血管像一条条暗蓝色的枯蔓。

只要一刀，一切就结束了。我这样对自己说，持刀的手却猛烈地颤抖起来。爸爸妈妈沧桑而痛苦的面容忽然浮上我的心间。

回家好好过日子吧，再生一个孩子——一个健全的孩子。跳不跳芭蕾都无所谓，是否出人头地都无所谓，只要这个孩子一辈子都平平安安就好了。

我咬紧牙关，逼迫自己再度集中精神，可是我的手指依然在发抖。听说人死之前，一生中的片段会像走马灯一样打眼而过。这样看来，我的身体一定是知道自己快要死了，因为许多我以为早已遗忘的容颜和旧事，忽然无比清晰地涌上我的心头，带着更加陌生的温柔和痛苦——

第一天学芭蕾，我是少年宫里年纪最小的插班生。我摇头晃脑，照猫画虎地模仿着老师的动作，站在整齐的队伍里像一棵插歪了的小秧苗，可是我自我感觉却好极了，脸上满是喜气洋洋。年轻的老师忍俊不禁地摸摸我的脑袋，对我说："丹妮真可爱。"从那以后，我跳得越来越好，每个动作都带着外科手术般的精准和冷峻，赞美纷至沓来，可是再也没有人对我说过一句：丹妮真可爱。

第一天去怀秀报到，我昂首挺胸地走上台阶，一个陌生女孩却跑过来，亲昵地挽住我的后背，顺手把外套围在了我的腰上。我疑惑地望着她，她友好地眨了眨眼，把嘴凑到我耳边，悄悄地对我说："你的裤子……脏了……"

那天是我的初潮。我根本没料到会有这种事，一下子慌了阵脚。那个女生安慰我说："没事的，我有卫生巾——你先拿去用。"我借了她的外套，一路围在腰间，匆匆赶回宿舍换了裤子，这才避免了丢人现眼。那个女生的皮肤是小麦色，笑起来带着甜甜的味道，我把外套还给她时，满口向她道谢，而她毫不在意地笑道："这点小事谢什么？不用谢！对了，我叫郑熙——你叫什么名字？"

那时我们都以为对方会成为自己最好的朋友。直到老师分

配AB角，直到有了楚歌。

第一次和楚歌参加比赛，带队老师给我们每人挑了一套艳红色的衣服。不光如此，我们还要在两颊上各抹一个夸张的红脸蛋。化好妆，我俩互相一看，都捧着肚子哈哈大笑。楚歌拉着我，指着玻璃上的倒影问：“你看我们像什么？”

“像一对哪吒！”我使劲绷着脸，装作一本正经地说，“不过还挺般配的！”

说完了，我又绷不住笑。笑了一阵，我才反应过来自己后半句说了什么。虽然是一句无心之言，我却突然脸红了——还好还好，两个又圆又粗的红脸蛋遮住了所有颜色。楚歌却并没有嘲笑我，反而蹦蹦跳跳地说道：

“是挺般配呀！等一下！你觉不觉得，我们穿得挺像古代的喜服嘛！”

我的心跳一紧，用眼角偷偷看向他。他毫无察觉，只顾着为自己的发现而兴奋不已，仔细地对着玻璃研究起来。那是我们第一次比赛，只拿到一个安慰奖。最后集体合影洗出来了，我们被名列前茅的参赛者挤到角落里，妆容不堪入目，笑得龇牙咧嘴。

那张照片丑得令人发指，那个不入流的安慰奖也成为了我履历上绝无仅有的污点。于是我把照片扔到了抽屉最深处。可是那天真的很开心，一看到对方的红脸蛋就会笑，上台时笑了场，下台后挨老师骂也笑了场。

一直一直都在笑，回忆的时候也在笑。

笑着笑着，泪水就流下来了。

周围几乎完全暗了下来，只有手腕上的刀尖反射着金属的冷冽。妈妈说头顶三尺有神灵，可是我们的头顶当真有苍天吗？苍天为什么先许我前程锦绣，再一样一样地夺走？我无法解释这一切，只能归罪于虚无的命运。我的命运就是这样的，是我根本无法掌控的。

我抬起头，最后看了一眼暗无天日的苍穹。如果冥冥中真的有神，那我求求你，我求求你，给我指一条路吧，因为我真的无路可走了。

可是什么都没有发生。我终于绝望地闭紧了眼睛，把刀尖割进了手腕里。疼，切肤的疼，但是只要再用力一点，只要再深一点，一切就结束了。人世间的怨憎会、爱别离、求不得，一切的生老病苦，从此都离我远去了。

就在这个时候，一阵极轻的、簌簌的声音传了过来，像是微微流动的气息。

可是这田野上一丝风也没有，哪里来的气息？

簌簌的声音——是天鹅？是天鹅的翅膀？

我猛地打了一个激灵，一下子睁开了眼睛。我割的口子并不深，此时我睁开眼，一下子放松了手上的力道。我站在原地，努力去捕捉刚才的声音。

是我听错了吗？是我求生的欲望，让我自己出现幻觉了吗？这是一片农场啊，怎么可能会有天鹅呢？

可是那阵簌簌的声音又响起来了，分明比刚才还要真切。我连呼吸都屏住了，死死地盯着声音传来的方向。四周已经很黑了，我几乎什么也看不清。可是我坚持不懈地盯着远方，终

于，随着一阵更响的簌簌声，一个影子在远处出现了！

一个洁白的、庞大的影子！

一个天鹅的影子！

我倒抽了一口冷气，惊得连退几步——

天鹅！是天鹅！

是上天为我送来的天鹅啊！

那个洁白的影子还在靠近，扬起一阵丰盈的风。它像一把光芒万丈的长剑，劈开天地间的一片苍茫。

靠近那片白篱笆时，它从上面轻盈地飞了过去——

它是从天而降的神啊！

我大张着嘴巴，鼻涕和眼泪都在脸上肆意横流，喉咙发出一连串咕噜咕噜的呜咽。

视线被泪水糊住了。我匆忙地抓住衣襟下摆，不顾形象地胡乱抹了一把脸。等我抬起头的时候，天鹅已经来到了我的面前——

等一等，这不是天鹅，这分明是一匹英姿飒爽的白马啊。我痴痴地抬头看着它，而它俯下了天鹅一样修长的脖颈，清澈的大眼睛一眨也不眨地注视着我，长如蝶翼的睫毛上落满慈悲的温柔。

月亮出来了。

在亘古清冷的月亮下，它浑身笼罩在白光之中，一身鬃毛宛如流风回雪。它那样意气风发，那样矫健飞扬，似乎永远不会老去。

它垂下楔形的头颅，伸出柔软的舌头，在我挂着泪痕的面颊上，轻轻地舔了一口。

脸上传来一阵温热。

我的心脏像是苏醒了一样，重新坚实有力地跳动起来，在胸腔里发出咚咚的回声。我的血液也重新流动起来，像是化冻的河，以汛期的澎湃拍打着血管。我忽然间醒悟过来了：我不是为了芭蕾而生的——我是为了我自己而生的！我的生命是属于我自己的啊！

就在这一刻，我的手指一松，紧握的小刀应声而落。

像是从一个漫长的噩梦里恍然惊醒，我双膝一软，满身冷汗地跪倒在地上。我抚着手腕上浅浅的伤口，一时间失声痛哭，哭得上气不接下气，哭得撕心裂肺肝肠寸断。哭完了之后，我就控制不住地趴在田埂上呕吐起来，像是要吐出自己的整颗心脏。

我没有死，可我感觉自己已经死过一回了。

8 初次骑马

“丹妮！丹妮！”

农场上闪着好几道手电筒的光，心急如焚的呼喊声此起彼伏。四个大人都从家里跑出来找我了。

随着一阵窸窸窣窣的声音，我一瘸一拐地从远处走来，身边是一匹高大的白马。

妈妈第一个看到了我，顿时发出了一声尖叫：

“是丹妮！丹妮回来了！”

爸爸冲了过来，还没等我开口，就给我一个耳光。然后他又抱着我，呜呜地哭了起来。四十岁的男人哭得像个惊慌的孩子一样。

我的脸颊火辣辣的，眼睛却出奇地清亮。“我回来了。”我说，语气带着平静的坚定，“对不起，我以后不会再让你们担心了。”

“回来了就好，回来了就好。”妈妈喃喃地重复着，也扑过来抱住了我，脸上带着劫后余生的神情，让人看了心里发酸。

“咦？”就在我们抱头痛哭的时候，迈克却惊讶地问道，

“你怎么会和罗密欧一起回来呢？”

“罗密欧？”我有些不解地重复了一遍。迈克走上前来，亲昵地拍了拍白马的背：“对呀！这是我们养的马，名叫罗密欧。”

Romeo，罗密欧，原来是叫罗密欧啊。我颤巍巍地伸出手，学着迈克的样子，在罗密欧肩上轻轻拍了几下。这个名字太适合它了——白天鹅一样的罗密欧，仪态间带着翩然的沉静。

“罗密欧很聪明，很通人性的。”迈克笑嘻嘻地说，“它很喜欢你，莫非认出你是我们家的人了？”

像是听懂了主人的赞美，罗密欧低下头，在他的肩膀上蹭了蹭痒。

“既然回来了，那就早点休息吧。”小姨说。妈妈依然拉着我的胳膊，似乎只要一松手，我就会再度消失。我们进门时，她的手指无意间碰到了我手腕上的伤口。她低头看了一眼，身体像是触电一样地颤栗起来。

“没事，都过去了。”我安慰妈妈。她咬紧了嘴唇，像是有千言万语，最后却什么都没说。

都过去了。旧的丹妮已经死了，新的丹妮会鼓起勇气，好好地活下去。

经历这一番失而复得，我们都身心俱疲，洗漱后就匆匆上床休息了。我沉沉地睡去。自从受伤以来，我第一次睡得这么安稳踏实，一夜无梦。

凌晨四点，也许是五点，我醒来。我没有出声，不想惊扰

了这座熟睡的房屋。在一片静默里，我无事可做，就坐在床沿上，从窗户眺望远处的山脉。

这一带是南方著名的蓝脊山脉。山峦不是常见的青色，而是蓝色的。近处的山是石黛一样的深蓝色。越往远处的山，蓝色就越浅，像是逐层渲染的水墨一样，融进了泛青色的天空里。

至于山脚下的草地呢？也许是因为进入了深秋，草地里糅合了一种温暖的、毛茸茸的黄色，像是小兽换季时新长出的一层绒毛，让我真想在上面尽情地打几个滚儿。

到田野上去，有一个小小的念头从泥土里萌发出来。到田野上去！我的血液加速流淌起来，哗啦啦地拍打着我的心房——到田野上去！

经过了昨天的事，我写了一张字条，留在床单上，然后悄无声息地溜出门外。

草叶上凝结的露水沾湿了我的鞋袜，清冽的风灌满了我的胸腔。农场并不大，非常适合一场早餐前的冒险。一番周折后，我再次来到篱笆尽头。我一屁股坐在了地上，眺望着远处已经染上金光的天空。太阳藏在蓝脊山的另一面，就像是青瓷坛底埋着一颗油红色的咸鸭蛋。

一想到咸鸭蛋，我的肚子恰到好处地“咕噜”了一声。

我有些惊讶地低下头——我饿了。

我居然饿了。这些天以来，我过得浑浑噩噩，身体自暴自弃地腐朽着，简直忘记了饥饿的感觉。可是现在不一样了，我的感官一点点地复苏，像是从一场冬眠中重返人间。

一阵熟悉的窸窸窣窣声传来。我回过头，看见罗密欧正向我走来，蹄子悠闲地拨开草叶。“罗密欧！罗密欧！”我欢欣鼓舞地叫着它的名字，像是见到了一位相识已久的友人，“来呀，到我这里来！”

我一面喊着，一面随手扯了一把草叶，递到罗密欧嘴边。它闻了闻，就张开了嘴，有滋有味地咀嚼起来。它的腮帮子缓慢地蠕动着，那样子真是有趣极了。

“喂马的时候，要把手掌摊开，平平地送到它嘴边。”一个欢快的声音在我耳边响起，“不然它可能会咬到你。被马咬一口，那可够你哭一场的。”

我转过头，看到了昨天的自行车男孩。“你还记得我吗？我是约瑟夫。”他把手插在兜里，笑嘻嘻地说。

那个死缠烂打的男生！我怎么会不记得呢？但是我干脆地摇了摇头：“不记得。”

他依然笑嘻嘻地看着我，双手在篱笆上一撑，就轻轻巧巧地翻过了篱笆，落在我的面前。我不理他，继续去喂罗密欧。他干脆扯着嗓子叫了起来：

“哎呀，都和你说啦！要把手张开——”

话没说完，他干脆向前迈了一步，直接抓住了我的手，把我攥紧的手掌抚平了。

“要像这个样子喂马，这样才安全。”他认真地对我说，“等你以后骑马了，给马戴马嚼子，也是用这个姿势推进马嘴里的。”

他依然抓着我的手。我被这突如其来的举动惊住了。他看

着我愣愣的样子，以为说得太快了，我没有听懂。于是他放慢了语速，攥紧了拳头，伸到我面前比画着，一个单词一个单词地说：

“这样，不好。”

然后他把手举到嘴边，假装咬了一口，挤出一副痛不欲生的神情，还卖力地惨叫了几声。看着他龇牙咧嘴的样子，我终于再也忍不住，弯下腰大笑起来。

“你，真傻。”我用英文对他说，“你真傻。”

自从我们见面以来，我还是第一次露出笑容。约瑟夫讪讪地挠了挠脑袋，跟着我一起笑了起来，又问我说：

“昨天晚上，我听见你们家里人一直在喊你的名字——怎么？你惹什么麻烦啦？”

我僵住了，一时间不知道怎么回答。约瑟夫的眼神在我裸露出来的手腕上停住了。我敏感地扯了扯袖子，迅速遮住了手腕上的伤痕。

他一定是明白了什么，没有再追问，而是顺水推舟地说：

“咳，这有什么不好意思说的？不就是离家出走嘛！我第一次离家出走才六岁，走了三英里的路。”他伸出三个神气十足的手指头，“比你有出息多了！”

我用手轻轻抚摸着罗密欧的脖子，心里有点意外，但是又有点感谢约瑟夫给了我一个台阶下。他望了一眼罗密欧，又问我：“对了，你想不想骑马？”

我的脸色顿时沉了下来。我刚刚还觉得他嬉皮笑脸的外表下有一颗善解人意的心，但是我错了。他分明知道我左腿有残疾，还问我骑不骑马，不是故意要让我出丑吗？我狠狠地瞪了约瑟夫一眼，转身就要走。他却急急忙忙地追到我面前，伸手把我拦住：

“哎呀，丹妮！你别生气！我不是——我不是拿你寻开心，我是认真的！你完全可以骑马，我知道的！我们这边，双腿瘫痪的小孩子都可以骑马——啊呸，不不不，我不是说你瘫痪——”

他的语无伦次让我有点哭笑不得。我站在原地，满面狐疑地盯着他。他见我没走，顿时松了一口气，小心地选择着措辞，对我说：

“让我教你，好吗？我帮你骑到马背上。你能做到的，你真的能——”

我迟疑了起来——骑马？骑到罗密欧背上？他见我有几分动心，立刻喜笑颜开地说：“那你等我，我马上回来——你可要等我啊！”

他匆匆忙忙地跑远了。我站在原地，努力平静自己的情绪，却还是抑制不住小小的激动——我当真能骑马？我，一个残疾女孩，当真能骑马么？

随着一阵咚咚的脚步声，约瑟夫跑回来了，手里还抱了一大堆沉甸甸的行头。

“这是马缰绳，这是马鞍，这是马镫……”他如数家珍地对我说，手脚麻利地给罗密欧戴全了所有装备。我看得眼花缭乱，忍不住问道：

“你、骑马、好久？”

“我从四岁多就骑马了，骑了十多年。”他笑嘻嘻地说，“我经验丰富，智勇双全，绝对不会让你摔下马的！”

他的自吹自擂让我心底刚升起来的一点崇拜都烟消云散了。

“来，上马吧。罗密欧脾气最好了，非常适合新手。”他说，抬手拍了拍罗密欧的脖子。我却犹豫了起来，“太、太高了……”罗密欧那么高大，我要怎么爬到它的背上呢？

“很简单啊！”约瑟夫摆摆手，仿佛这点小事根本难不倒他。他把双手交叠在一起，弯腰放在我面前：“你把右脚踩在我手上，身体往上一跳，我的手再往上一送，你的左脚就顺势翻过去了。”

我倒退了半步。约瑟夫说得容易，可是对于我这个新手来说，简直就是耸人听闻。

更何况，我是一个残疾的新手。一想到这点，我的神情就有些郁郁寡欢。

“怎么？你怕啦？”他嘻嘻笑着问，“我知道你在怕什么——你怕把我踩塌了，是不是？你对自己的体重没有信心——”

他分明知道我在怕什么，可他偏要东拉西扯、胡说一气，反而让我放松下来了。我咬咬牙，按照他所说的，抬起右脚放到他的双手上，然后身子往上一提——

我毕竟跳了多年芭蕾，身体依然保持着舞者的敏捷和力量。约瑟夫的双手往上一顶，我居然真的翻上了马背。罗密欧非常耐心地站在原地，任凭我们在它背上折腾。只是，我的左腿失去了部分知觉，变得异常虚弱。我狼狈地抱紧罗密欧的脖子，用力挪动着左腿，约瑟夫也帮着我又推又拽，总算是爬到了马背上。在一番拉扯中，约瑟夫的手碰到了我的腰。

“别、别乱摸——”我转回头，有点恼羞成怒地说道。

“大小姐，难道我能用意念把你扶上去吗？”他无奈地向天空翻了个白眼，“再说了，你瘦得只剩骨头了。叫我摸，我都不要——”

我凶巴巴地瞪了他一眼。他非常识相地改了口：

“好，好，你叫我干什么我就干什么——”

跟约瑟夫这个人斗嘴，实在占不到什么便宜。我不再搭理他，低头看着身下——我离开了坚实的地面，坐在颠簸的马背上，从高处往下看，有几分不真切的眩晕。

罗密欧开始往前走了，我浑身僵硬地抓住缰绳。

“不要怕，把头抬起来。”约瑟夫不再嬉皮笑脸，而是认真地指点着我，“挺直你的脊梁。缰绳只是一个辅助，你要用全身的肌肉去控制马，去和马交流……”

约瑟夫认真起来的样子意外可靠。我按照他的话挺直了身体，感受着罗密欧的节奏，根据它的步伐调整着自己的呼吸。约瑟夫退后几步，从牛仔裤兜里掏出了手机，对准我按下快门。他低头看着照片，安静了半晌，忽然非常温柔地笑了起来。

“丹妮……你看。”

他把相机递到我身边。我低头看去，只见马背上的少女身影挺拔如一棵沉默的白杨，每一步都强健有力地落在地面上。

我紧紧咬住嘴唇，忍住了即将夺眶而出的泪水——

再也不会有蹒跚的步伐。我脱离了大地的束缚，我比以前的自己更接近天空。

9 愿乘长风

“我刚刚去骑马了。”

早餐桌上摆着洒满枫糖浆的薄煎饼，还有煎得脆脆的培根肉。小姨还贴心地给我和爸爸妈妈各自下了一碗面。趁大家都坐在一起，我装作漫不经心的样子，快速地说完刚才那句话，就低下头大口大口地吃起了面。一双眼睛却在碗沿上滴溜溜地打转，观察着爸爸妈妈的反应。果不其然，爸爸“扑哧”一声把牛奶呛进了鼻子里。小姨强忍住笑意，给他递来一张餐巾。

“你说什么？”爸爸接过餐巾，一面擦着嘴，一面呆呆地望着我，“你骑马了？可是，你的腿……”

妈妈也张大了嘴巴。小姨倒是见怪不怪，拍了一下自己的脑袋：

“哎呀，我都忘了！丹妮可以骑马的呀！她这么瘦，马背的承重很小。何况她背部肌肉很强劲，正适合骑马。”

“丹妮……骑马？”

妈妈费力地重复着，试图消化自己刚刚听到的话。我实在憋不住了，噗嗤一声笑了出来。小姨转过头，兴致勃勃地对我说：“我们这边流行英式马术。丹妮，你知道马术的别称是什

么？尤其是马术中的盛装舞步……”

“别称？”

“是呀！”她笑吟吟地对我说，目光变得格外柔和，“盛装舞步被称为马术中的芭蕾。英式马术本身，就是一种体育中的舞蹈。”

我的心口像是有一片柔软的羽毛翩然划过，连带着整个身体都轻轻颤栗起来。舞蹈吗？另一种形式的舞蹈吗？是了，怎么会不是呢？那种优雅，那种灵巧，那种骑手与马之间的默契，不正像一对舞者的珠联璧合吗?

小姨伸出手指，把我的一缕碎发轻轻捋到脑后：

“我不会看错的，丹妮。只要你愿意，你会成为非常优秀的骑手。”

到了下午，迈克闲下来了，就带我来到了田野里。南方的红土地富饶辽阔。有土地就会有农场，有农场就会有马，几乎人人都是骑马的好手。

“把头抬起来，视线对准前方。”他指导着我，“用你的身体去把握马的节奏。你夹紧双腿，马就会加快速度；你转动身躯，马就会跟着你转弯。”

迈克说罗密欧有灵性，这话一点也不错。在田野里放风时，罗密欧就撒欢儿地又蹬又跑，从篱笆上轻盈地一跃而过，甩一甩潇洒的白鬃毛，像是在炫耀自己的一身力气。可是只要我一骑上马背，它就变得温柔起来，每一步都配合着我身体的节奏，走得格外耐心而沉稳。我努力按照迈克的话去做，可是我的左腿非常虚弱，不能像其他骑手那样自如地控制肌肉。迈克教了我一会儿，安慰我说：

“没关系，慢慢来吧！你作为一个新手，腿上又……唉！总之，你已经很不错啦！”

他去忙别的事了，留下我一个人。我牵着罗密欧在田野间漫无目的地走来走去，心里升起了一阵失落，闷闷不乐地踢着地上的小石子。

“喂，丹妮！”

约瑟夫的脑袋从篱笆边上鬼鬼祟祟地冒了出来。

“你又怎么啦？干吗愁眉苦脸的？”他用手拉着嘴角，做出一副哭丧样。我心烦意乱地指了指罗密欧，又指了指自己的腿：“我、左腿、不行……”

“你不抓紧练习，只知道拉着个脸，那当然不行了！”约瑟夫拍了拍手，“哪有不练习就能成功骑马的？你以为你是centaur（半人马）吗？”

“Centaur？”我板着脸问。

“哦，就是传说中一位高贵的、优雅的神骑手，和你长得很像。”他眼睛都不眨地回答，“不过那些都不重要，快上马吧！”

我有些犹豫地翻身上马。约瑟夫扶着我的左脚踝，把我的鞋子轻轻放进马镫里。忽然，他抬头问我说：“丹妮，我问你——马术是谁发明的？”

“嗯？”

“马术是人发明的。每个人的身体结构不同，每个人骑马的方式也不同。适合别人的方法，不见得就适合你。你只需要

用心练习，一定会找到适合你的骑马方法。”

他非常认真地把这句话重复了两遍，手里比比画画。我听懂了他的意思，心头忽然一热。

整整一个下午，约瑟夫都陪在我身边，东拉西扯地和我说话，装模作样地拎着马鞭，不时对我的动作加以指导。他先是教我最基本的走步，四步一拍，慢悠悠地向前进。然后他教我转换方向。这对别人很容易，对我却格外困难——骑马要靠双腿的肌肉进行控制，想要让马右转，不但要拉右缰绳，左腿还要不断夹紧，给它一个侧面的推力。我的左腿异常虚弱，身体一直往旁边滑，就像是坐上了一叶颠簸的独木舟。可是我绝不放弃，而是和汹涌的潮水搏斗着，直到我终于稳稳地驾驭在小舟上。

我微微地喘着粗气，胸膛一上一下地起伏着，心里却渐渐升起了一种成就感。自从受伤以来，我的生命中似乎没有一件事是我所能掌控的，那种深深的无力感几乎侵蚀到了我的骨髓里。但是马背上的我和地面上的我不一样了。我有力量，我有耐心，我有坚定的意志。我可以凭借自己的力量去掌控我的身体，也可以掌控我的马。

终于，我骑着罗密欧转了一个圆规般标准的圈。“厉、厉害不厉害？”我有点喜滋滋地问约瑟夫说。

“厉害！厉害！”他把头点得像鸡啄米，十分诚恳地赞美道，“我从没见过……”

我有些腼腆地咧着嘴笑了。

“……没见过像我这么厉害的老师！”他洋洋得意地说。

吃晚饭的时间到了。妈妈从屋里走出来，呼唤着我的名字。她看到了眼前的场景，一时间目瞪口呆，却又迅速地用手捂住了嘴巴。

少年，少女，和一匹白马——脉脉的黄昏把我们的影子拖得很长。绵延的田埂间，罗密欧的步伐越来越快。我仿佛是骑在长风的脊背上，每一个动作都那样流畅，看不出丝毫病痛的痕迹。我的头颅高高仰起，仿佛世间的任何挫折都不能压弯我的脊梁。

终于，我收紧了缰绳，勒住了马的步伐。我掉转马头，向妈妈缓缓走去，背后是深蓝色的远山和无尽的霞光。

妈妈站在风里，早已经泣不成声。

10 枪杀

安妮过来找我读睡前故事时，我忽然想起了约瑟夫的话，就问她：“你知道centaur是什么吗？”

“知道！知道！”她很自豪地说，噔噔噔地跑开了，很快又跑了回来，手里拿着一本画册。她“扑通”一下坐到我的脚边，把脑袋靠在我的膝盖上，一页一页地翻着。终于，她指着其中一页说：“这就是centaur！”

我低头一看，气得直咬牙——centaur原来就是半人半马，是一个毛发蓬乱、面庞粗犷的男人，赤裸的胸膛上还长着一大团胸毛！

约瑟夫居然说这个像我——我早就该料到他的嘴里吐不出象牙的！

直到洗漱上床，我还翻来覆去地咬着牙，盘算着明天该怎么回敬他。恶狠狠地想了一会儿，我却莫名其妙地笑了起来；笑了一阵，又把头埋进了枕头里——我已经好久没有像这样盼着明天来临了。

第二天吃过早饭，我心不在焉地坐在餐桌边。忽然，窗前响起了熟悉的“丁零”声，约瑟夫骑着自行车，停在了小姨家门口。

“喂！丹妮！”他扯着嗓门喊道。我快步走了出去，隐约听见爸爸迷惑的声音在背后响起：“咦？丹妮什么时候交了新朋友？”

我来不及回答爸爸，就走出了门外。约瑟夫一条腿支在地上，肩上背着一个颜色邋遢的书包。“我要去上学了，跟你说声再见！”他欢快地说，忽然又想起了什么，“哦，对了！你在哪儿上学呢？”

我顿了一下，慢慢地摇了摇头。我差点都忘了，还有学校这回事。约瑟夫不再追问，却又换上了那副嬉皮笑脸的神情：“那么，你可以在家骑马——等我回来验收！我下午会早点回来的，你不要太想我啊！”

“才、才不会想你。”我倔强地回答。他潇洒地吹了一声口哨，骑着自行车一路走远了，背影消失在田野的曦光里。我站在原地，心中涌起一阵怅然若失——是啊，我早就该想到的。别人的生活依然在奔流向前。在这茫茫天地间，我一个人的痛苦和救赎实在微不足道，不过是顾影自怜。

这些天，我只顾贪图小姨家这片世外桃源般的宁静，不愿意去细想将来的事。可是现实已经容不得我继续逃避了。接下来的生活该怎么过呢？我已经不能再跳舞，又从怀秀退了学。眼前还有漫长的人生，而我该如何自处？从第一天学习舞蹈以来，整整十年，我引以为傲的全部人生都是立在足尖鞋上的。除了芭蕾，我的存在还有什么意义？

就在这时，一阵悠长的马嘶把我从沉思中惊醒。我回过

头，罗密欧慢吞吞地向我走过来，亲昵地低头蹭着我的肩膀，要求我给它抓抓痒。我抬起右手，揉了揉它额前垂下来的鬃毛。

我想骑马。一个声音在我的脑海深处说道。

就像是着了魔一样——我想骑马。早上睁开眼睛，想的第一件事就是骑马；睡觉前，想的最后一件事也是骑马。我伸开双手，紧紧地抱住了罗密欧的脖子，把脸颊贴在它温暖而宽厚的皮毛上。那时候我还不知道，小姨和爸爸妈妈正坐在起居室里，手里捧着热乎乎的咖啡，透过窗户玻璃望着我。他们接下来几分钟的谈话，即将改变我的人生轨迹。

“丹妮这几天精神好多了，真是太好了……可我们也不知道接下来该怎么办，只能走一步看一步……”妈妈忧心忡忡地说。

“依我看，”小姨沉吟着说，“丹妮这么喜欢骑马，不如……”

“不如什么？”

“不如让丹妮在美国住一段时间吧。我们全家都喜欢丹妮，农场空气又好，小镇上的人也淳朴。让她留在这里吧，换一换环境，也许对她是最好的。”小姨说，“你们两个也请了很久的假，是时候回去上班了——我会好好照顾丹妮的。迈克年轻时也是个骑手，他可以教丹妮骑马。”

“让丹妮……留在美国？”

爸爸惊讶地问，转过头久久地望着我。今天约瑟夫不在，没人扶我上马了。但我还是想到了办法。我拖过来一个空铁皮桶。罗密欧好几次伸着脖子往桶里看，鼻翼好奇地抖动着，以为我在桶里藏了什么好吃的东西。我把桶倒过来放在地面上。然后，我用右脚踩在桶上，左脚往上翻——

经历了一番手忙脚乱，我终于爬上了马背。田野上清冽的风吹拂着我的头发，也吹拂着罗密欧的鬃毛。我坐在马鞍上，不由自主地咧嘴笑了起来。在我隐秘的幻想中，我已然化身成了书中读过的那些贵族闺秀，罗密欧白色的长鬃是装饰性的华贵羽毛。

“骑马的基本步伐有四种，第一种是慢步，你已经掌握了。”忙完了手头的活，迈克来到我身边，开始给我讲解，“第二种是两拍的快步，第三种是三拍的小跑，最后是奔跑。今天你可以尝试快步。”

快步的时候，马背会有规律地上下起伏，颠得我的尾椎骨阵阵发麻。我站在平地上都难以保持平衡，更别提颠簸的马背了。罗密欧每走几步，我就不得不停下来调整姿势，然后再开始走，再停下来，循环往复。尽管走走停停，罗密欧却以极大的耐心配合着我。它似乎明白我艰难的处境，体贴地调整着步伐。它的蹄子踏在一丛迷迭香上，碾碎的草叶里带着松针的清香，安抚了我逐渐焦躁的情绪。

骑手每一块肌肉的律动都是一个微小的指示。我控制不好肌肉，经常发出一堆杂乱的指示。罗密欧却认真地感受着，从中理出我想要传递的信息。不断的磨合中，我隐隐约约摸索出了一点章法，一套仅属于我和罗密欧的交流方式。每次我想要转弯的时候，我就用手指的关节敲敲罗密欧的脖子左侧或是右

侧，它便心领神会，跟着我的指挥左转右转。尽管快步还不算流畅，但我已经可以驾驭罗密欧的方向了。

落日在马嚼子上反射着金光，远远地传来了清脆的车铃声。丁零丁零，由远至近。

“喂！丹妮！我回来啦！”

约瑟夫出现在田埂上，车辙碾过路边的黑刺莓丛。我故意把嘴角扳直，脸拉得长长的：“回来、就回来呗！按那么多、铃、干什么？”

“我怕你等急了呗！”他说，“我从老远就开始按铃了！嘿嘿，一定很扰民！”

我急着要向他炫耀我的新成果：“你、来看！”

一边说，我一边夹紧双腿，嘴里轻轻地对罗密欧下着口令：“Trot（快步）！Trot！”虽然只跑几步就停了下来，但是我很满意，转过头等着约瑟夫表扬我。

“不错，不错！”他用浮夸的口吻说道。我用力地给了他一个白眼，再也憋不住，终于抿着嘴笑了起来。

就在这时，远处突然传来一声悲鸣——

一声撕心裂肺的，马的悲鸣。

我浑身的血液都僵住了，一阵冷意从颈椎骨顺流而下。罗密欧似乎也感觉到了什么。同伴发出的濒死悲鸣让它连退几步，焦灼不安地甩着蹄子。

它这一退，我顿时失去了平衡，发出了一声短促的惊呼。约瑟夫像闪电一样扑过来，敏捷地抓住罗密欧的缰绳，紧紧稳住了罗密欧的步伐。

“发生了什——”我惊魂未定地问。

远处传来了一声枪响，惊起一群扑簌簌的飞鸟。还未说完的音节顿时僵滞在我的嗓子里，如鲠在喉。随后，一切归于静寂。暗色的田埂尽头，弥漫着一片血色的夕阳。

我的牙齿不自觉地打着冷战：“刚才那是……”

约瑟夫冷冷地、满怀悲哀地笑了一下。我从没见过这个样子的约瑟夫。

“那是霍普金斯家的马。赛马，阿拉伯纯种。上场三年，赢钱无数。”他面无表情地说，“昨天比赛把腿摔断了，没有当场打死。恐怕是等到今天，把坟坑挖好了，才开枪打死的。”

他冰冷的词汇刺得我心口一阵发疼。“为什么？”我问，“为什么要打死……”

“马的骨骼结构和人体大不相同。人的腿摔断了，可以用各种方法对骨折处进行治疗。可是马的腿一旦摔断了，几乎就是宣告了死刑。”约瑟夫对我说，“一匹成年马重达千磅，每条细腿却只靠一个指节站立。”

我的心里一颤——只靠一个指节，就像是芭蕾舞伶长期站在脚趾尖上。

“只要四条马腿中的一条断裂，剩下的三条腿根本支撑不住自身的重量。”约瑟夫继续解释道，“坚持对伤腿进行治疗，只会给另外三条腿增加过重的负担，导致其他腿也造成断裂。在这种情况下，断腿的马几乎没有治愈的可能。如果不执行安乐死，它就只能在剧痛中耗尽生命。安乐死，反而是最为

人道的解脱方式。”

我打了个寒战，俯下身紧紧抱住了罗密欧的脖子。约瑟夫转过头，看着霍普金斯家的方向。夕阳已经完全沉到了山的背后，血一样的颜色缓缓渗进了田野的尽头。

他的嘴角冷冷地抽动了一下：

“连请兽医打安乐针的钱都不肯花。”

11 冠军少女

在小姨的主张下，爸爸妈妈为我办理了镇上高中的转学手续。美国高中有四个年级。我转入了高一，就相当于国内的初三。约瑟夫带我去学校的前一天，我辗转反侧了一个晚上，依然不能入睡。一想到明天可能发生的各种事情，我的心跳就一阵快一阵慢，简直呼吸不过来了。

我，一个残疾女生，能融入正常的学校生活吗？还是在一个陌生的国度？

早上，约瑟夫准时出现在门口。他依然反戴着棒球帽，嘴里叼着一根细草茎，肩膀上挎着邋邋遢遢的书包。唯一不同的是，他今天没有骑车。他看到我身边站着妈妈，立刻热忱地走上来，握着她的手摇了又摇：

“程太太，早上好！把丹妮交给我，您就放心吧！我保证，在学校里只有她欺负别人的份，没有别人欺负她的份！”

妈妈的英语不大好，只能敷衍地点点头，露出随和的笑容。约瑟夫发现妈妈听不懂他的话，顿时扯得更起劲了：

“您放心！丹妮在学校里一定会受欢迎的！我帮她找五六七八个男朋友……”

妈妈好歹还是听懂了“男朋友”这个单词，忙不迭地摇着头：“No！No！”约瑟夫放声大笑起来，对我招了招手。我就跟在他后面，深一脚浅一脚地走在了田埂上。

“你、不骑车？”我问他。

“天天骑车太累了，我们去坐校车！”他回答。

我瞥了约瑟夫一眼，他正无忧无虑地吹着口哨。分明是照顾我腿脚不好才改坐校车，却说是自己懒。在某些小的地方，约瑟夫意外的善解人意。

我正这样胡思乱想着，他却又补了一句：“怎么？是不是想叫我骑车，然后你就可以坐在后面，一步都不用走啦？啧，美得你！”

真是个煞风景的男生啊。

我幻想了很多次踏进校门的那一刻——也许所有同学都会回过头来，齐刷刷地看着我，对我的跛足大肆嘲笑。可是我走下校车时，入目的却是一片混乱的场景。学生们在空地上跑来跑去，大声嬉闹着。一群穿着运动服的男生正在丢飞盘，其中一个跳起来接的时候，一头栽进了身后的喷泉池。我用手掩住了一声惊呼，男生们却毫不在意，一面哄笑着，一面七手八脚地把落水者捞了上来。

树荫下，几对情侣正紧紧地抱在一起，如胶似漆地坐着，手脚像八爪鱼一样缠绕在一起。更远一点的地方，三五个学生站在台阶上，忘我地排练着莎士比亚的选段，满怀激情地朗读着台词。两个玩滑板的黑人少年从台阶上跳下来，一头栽进了这群排练的学生中，把哈姆雷特的“生存还是死亡”哗啦一声打断。

我目瞪口呆地看着这光怪陆离的一切。这一切和我所熟悉的安静校园实在是大相径庭。我异样的踱足，似乎一下子就淹没在这片喧嚣的海洋里了。

“第一天总是最艰难的。”约瑟夫拍了拍我的肩膀，用过来人的口吻说，“不过呢，只要你能坚持住，别让我看见哭鼻子，我就给你一个奖励。”

“我、才不会哭呢！”我下意识地反驳他。

“谁说你了？”他装出一副忧心忡忡的样子来，“我是让你坚持住，不要欺负别人，不要让其他学生哭鼻子。”

我用力白了他一眼，忍不住笑了起来，心头那种沉甸甸的紧张感稍微缓解了。

美国的中学很早就放学了。下午三点，我和约瑟夫的课就上完了。一天的课程下来，周围叽里呱啦的英文听得我云里雾里，头昏脑涨。一迈出教室，我就迫不及待地深呼吸了几口气，让清冽的风灌满我的胸膛。“奖励呢？”我转头问约瑟夫。

“好好好。”他不慌不忙地回答，“你把手伸出来。”

我把手摊开在约瑟夫面前，他也把手伸出来——

跟我击了个掌。

他又在捉弄我了。我有些恼火，转头就要走。他一面哈哈大笑，一面把我从后面拉住：“好了好了，不跟你闹了。说到做到，我带你去个好玩的地方！”

我的好奇心被吊起来了。他带着我坐上了小镇的公交车，

一路往镇中心驶去。

“今天镇上有嘉年华。”他比比画画地跟我解释着，“就是热闹的集市。吃的，喝的，玩的，什么都有。还有一个最棒的，你肯定会喜欢。”

“那是什么？”

我急忙追问道，约瑟夫却神秘兮兮地微笑起来，怎么都不肯回答了。

我们终于抵达了嘉年华。路两旁摆满了小摊，竹签上插着蘸满了金黄枫糖的苹果，油汪汪的烤香肠在炭火上滋滋作响，戴草帽的小贩不遗余力地向我推销自家酿的蓝莓果酱。岔路口坐着一个鹰钩鼻的吉普赛妇女，身后的算命帐篷上挂着一排奇特而诡异的小挂坠，看上去像是干枯萎缩的骨头——

我想停下来仔细看一看，约瑟夫却拉着我的胳膊，把我使劲往前拽。“快一点儿。”他催促道，“晚了就赶不上了。”

我跌跌撞撞地跟着他往前走，来到一片空旷的草地。草地中央围满了欢呼的人群，空气中充满了兴奋的味道。

“到底是什么——”

我的疑问被淹没在人群的欢呼中。约瑟夫拉着我挤进人群，像狐狸一样敏捷地穿梭，一气钻到了最前面。我好不容易从一个胖男人的腋窝下钻了出来，正要表示不满，却猛地睁大了眼睛——

是赛马！原来是赛马啊！

一群马从我的眼前风驰电掣地冲了过去，上面载着各自的骑师。每个骑师的身体都离开了马鞍，脚踩着马镫微微站起，同时又把背弯下来，压低重心，以最快的速度向前冲去。马蹄撞击着地面的泥土，扬起一阵呼啸的风。

最后一匹马冲过弯道时，飞溅的泥土落到了我的脸上。可我连擦都顾不上擦，就已经跟着人群呐喊了起来——

跑啊！再跑快点！多么激动人心的运动啊！

扎堆的马群中，有一匹高大的枣红马遥遥领先，像一支燃烧的箭镞飞驰而去。马背上的骑手看上去如此轻盈，简直像一片羽毛依附在马的背上。两个马身，三个马身，四个马身——枣红马的骑手进入了最后冲刺的直道——

撞线了！压倒性的胜利！领先第二名足足五个马身！

我控制不住内心的激动，和观众们一起跳上跳下，为冠军大声欢呼。在枣红马之后，其他的赛马也接二连三地冲过了终点线。过线后的骑手们逐渐减速，绕着场地一圈圈走动，调整自己的呼吸，纷纷摘下了头盔和护目镜。

比赛结束了。

我的眼睛依然直勾勾地盯着枣红马背上的骑手。我要看看他长什么样子。他的身形格外小巧，和其他骑手比起来，甚至有些纤弱。他抬起手，慢慢把头盔摘了下来，左右甩动着脑袋——

一头流泉般的金色长发喷泻而出。我惊讶地张大了嘴巴，用力扯着约瑟夫的袖子，指着马背上的人说道：

“她、是个女孩呀……”

第一名居然是个女孩子！她摘下了头盔和护目镜，转过头和别人轻松地说笑着。从脸上看，她的年龄应该和我差不多

大。

“是啊，是个女生。”约瑟夫并不像我那么惊讶，甚至有些不以为然，“我早该想到了。哼，这种比赛怎么会少了她呢？”

我继续盯着那个女孩，她看上去那样匀称而健美。在一众男骑手中，她的举手投足那样气定神闲，带着胜利者的傲睨自若。她的长发那样耀眼，就像一片流动的黄金。

“你认识她吗？”我问约瑟夫，他微微皱起了眉头。

“我们都认识她，她叫蜜亚。”他不情不愿地解释道，“蜜亚·霍普金斯。”

霍普金斯？这个姓氏听上去意外的耳熟。我在脑海中拼命搜索着，忽然僵住了——

我的耳边响起了那天夕阳下的枪声。

“霍普金斯。”约瑟夫仿佛读出了我的想法，点点头说，“她是霍普金斯家的女儿。霍普金斯的家族传统就是养马、赛马。他们一家是培养了很多好骑手，也训练出了很多能赚钱的赛马，但我从来都不赞成他们对待马的态度。他们不是真正的爱马人，更像是投机商。你明白我的意思吗？只要是没有价值的马，他们就会毫不犹豫地抛弃……”

观众们逐渐散开了，热闹的赛场慢慢冷却下来。我心情复杂地转过头，目送着蜜亚的背影逐渐远去。

社交法则

美国高中就像一台独立运转的仪表，一个模拟的小社会，有一套森严的等级制度。学生们乐此不疲地寻找同类，打压异己，建立起一套心照不宣的社交食物链——最耀眼的人排在食物链的顶端，底端则是那些不受欢迎的学生们。

这些都是约瑟夫讲给我听的，他在黑板上歪歪扭扭地画着关系网。“要想在高中这个残酷的地方存活下去，你必须掌握这些生存知识！”他戏剧性地说，同时用力敲了敲黑板，粉笔灰扑簌簌落了他一头。

想看清学校里错综复杂的人际关系，其实也很容易，只要留心观察一下午餐时间的食堂就行了。每一张看似平平无奇的桌子都是一片领土，是一片兵家必争之地——

横三纵二的桌子是美式足球桌，是学校美式足球队男生吃饭的地方。他们是饱受宠爱的运动明星，每个人都像斗鸡一样雄赳赳气昂昂。附近两张桌子是篮球队和棒球队，他们同样身材结实，精力充沛，尽情享受着女生们抛来的媚眼。

横四纵三和横四纵五，虽然也是运动员吃饭的桌子，却属于那些“不那么酷”的体育队：田径啊，网球啊，游泳啊。就

算同为运动员，待遇也是有所区别的。

然而热度最高的桌子却在横三纵三，食堂的正中心，紧靠在美式足球桌旁边。这是全校女生都梦寐以求的桌子，专属于漂亮而傲慢的金发姑娘们。她们是返校舞会的女王，是啦啦队的核心成员，是闪光灯聚集的焦点，也是舆论风暴的中心。上学的第一天，我还不知道学校的诸多规矩，随便就在横三纵三的空桌子旁坐了下来。还好约瑟夫眼疾手快，急忙把我拽到一边。

“你可得小心。”他小声对我说，“幸亏那些啦啦队员们还没来，否则她们非把你生吞活剥了不可！她们会以为你故意到她们地盘挑衅呢！”

“这本来、就是公用的、食堂。”被约瑟夫猛地拽了起来，我有点恼羞成怒，梗着脖子和他犟嘴，“凭什么、就准她们坐？”

嘴硬是嘴硬，可我还是乖乖地把位置让开了，跟着约瑟夫坐到了角落里。三五成群的金发姑娘们来了。她们每个人都打扮得明艳动人，从头发丝精致到了脚尖。我心不在焉地撕着牛奶盒，眼睛却止不住地向那群姑娘们瞄过去。

说不清是什么滋味，我的心中有些疼，有些莫名的酸楚，还有一丝难以抑制的渴望。我忽然想起了从前的很多事。那时我还是怀秀的天之骄子。我的身边全是最具实力的芭蕾伶娜。从大厅里横穿而过的时候，我们飞扬跋扈，顾盼生姿。我们理所当然地享受着其他人或艳羡或妒忌的目光。

那些曾经都是属于我的。我紧紧地攥着拳头，过了很久，才慢慢松开——

手心里全是深深的指甲痕。

嘉年华的第二天，我和约瑟夫又一次坐在了食堂里。我虽然人回来了，却像丢了魂一样，脑海里一遍遍地回响着那些声音——鼓点激烈的马蹄声，一浪接一浪的呐喊，马鞭拍打在皮毛上的飒飒响声——

多么动人心魄的运动啊！

然后，所有的喧嚣都散去了，我的眼前再一次浮现出那个少女的身影。她漫不经心地把冠军的蓝绶带挂在马辔头上，抬手摘下头盔，左右甩动着黄金如瀑的长发。她的脸上没有胜利后的狂喜，只是一种习以为常的微笑和倨傲。

多想像她一样啊。我一面想着，一面咔嚓嚓地啃着手里的苹果。食堂里人声鼎沸，充满了喧闹的烟火气息。忽然，像是一阵微风吹过，躁动的人群稍稍安静下来。我转过头，目光一下子被牢牢地吸引住了——

一个熟悉的金发姑娘，穿着黑色的Polo衫，戴着黑色手套，手里抱着头盔，腿上穿着纯白的修身长裤，脚下踩着锃光瓦亮的长筒靴。当她走过的时候，人群自觉地为她让开一条道。她是那样耀眼，似乎所有的阳光都吸附在了她的一头金发上。

我张大了嘴巴，激动得不能自已，手里使劲地掐着约瑟夫的胳膊，掐得他从牙缝里嘶嘶吸气。

“那不是、蜜亚吗？”我急切地说，“她跟我、是同学啊！”

“是同学又怎么了！有什么大不了的？我跟你还是同学呢，也没见你这么开心啊？”约瑟夫从我的手里挣脱出来，一边揉着胳膊，一边恨铁不成钢地嘟哝着，“你能不能克制一下你自己？搞得跟脑残粉一样……”

蜜亚轻车熟路地穿过人群，在横三纵三的桌子旁边坐了下来。其他女生也像川剧变脸一样，一改目中无人的态度，蜜里调油地叫着她的名字，快速地为她腾出一个位置。

“嘿！蜜亚！”美式足球桌边，一个身材异常魁梧的男生伸着脖子喊道。他是托尼，我们学校的明星四分卫。他一边和蜜亚搭话，一边紧张地摸着自己喷满发胶的棕色卷发，确保自己的发型处在最完美的状态。

“周五晚上，和我去看电影好吗？”他问。

蜜亚微微地笑了，亮闪闪的耳钉在长发间若隐若现。

“嗯……那要看我高兴不高兴了。”

这是一个巧妙的鱼饵。而托尼就像一条没见过世面的胖头鱼，迫不及待地钻到水面上啊呜一口，把鱼饵上挂着的钩子一起吞了下去。

“求求你啦！只要能让你高兴，让我做什么都行！”

他们一来一往地展开了拉锯战。趁着这个空当，我总算从刚刚的激动中平静了下来，心里依然惊喜不已——蜜亚跟我不但是同龄人，甚至还是同学呢！我忽然觉得我和她之间的距离拉近了。如果从现在开始，我坚持练习马术，有没有希望成为像她一样的人呢？

“约瑟夫……”酝酿了很久，我尽可能用漫不经心的语气问道，“你说，我要是、想学赛马，有没有可能、去比赛呢？”

他抬起脑袋，嘴里塞满了面包和牛肉，两个腮帮子都撑了起来。他有些惊讶地望着我，而我有些臊了起来，把脑袋转向一边，做出一副满不在乎的样子说：

“我就是、问问而已！就是、觉得好玩……”

约瑟夫瞪了我半天。正当我以为他要打消我这个不切实际的想法时，他却摇着脑袋，朝我心领神会地笑了起来。

“看你从昨天起那个失魂落魄的样子，我就知道你想学赛马了。”他咕噜一口把嘴里的食物咽了下去，正色道，“说实话，我认为你是一个很有天赋的骑手。只要你想的话，你可以做成任何事。”

他恳切的语气让我心头一热。我抬起头迎上他的眼睛，只听他继续说：

“但你要想清楚，你究竟是发自内心地热爱这项运动，或者只是盲目地模仿蜜亚。我看得出来，你很羡慕她。”

“不！”我急急忙忙地说，“这和她无关！这是我、自己想要……”

约瑟夫把手伸出来，郑重地在我的肩膀上拍了拍：

“如果这就是你的梦想，那么我一定会帮你的！我们是朋友嘛！”

我略带感动地看了他一会儿，语气温柔地说道：

“把你的手、拿开。你的面包渣、抹在、我衣服上了。”

13 加入马术队

时间过得很快。转眼间，我已经在美国上了两个多月的学。这些天以来，我一放学就会骑上罗密欧，跟着迈克进行马术训练——我想参加比赛！这个愿望如此迫切，简直要在我心里烧起一把火。从慢步到快步，然后是三个节拍的慢跑，我和罗密欧从沙地上疾驰而过，扬起一阵气息热烈的风。

爸爸妈妈几周前就回国了，把我全权托付给了小姨一家。尽管爸爸并不愿意让我这么早就出国留学，可他也看出了我这些天来的变化，看出我是真心热爱马术。终于，他在小姨的劝说下让步了。父母和孩子的拉锯战中，赢的往往是有恃无恐的那一方。

约瑟夫也遵守了他的承诺。他每天都如约而至。我的腿脚不方便，于是他总是抢先一步，在每次训练前帮我给罗密欧戴好马鞍和嚼头。

备马是极为琐碎的工作，约瑟夫却展现出了极大的耐心。他用海绵蘸着肥皂水，细致地擦拭马嚼子上黏糊糊的唾液和草屑；他抬起马的每一只蹄子，用金属钩清理卡在马蹄铁里的泥土；他为罗密欧细心地梳理毛发，一时兴起还会给它的鬃毛编个小辫子。

“今天编的是麻花辫。”他向我展示罗密欧长颈上一排整整齐齐的垂髻，“是不是又清新又文艺？”

我沉默了一会儿，很给面子地鼓起了掌。约瑟夫受到了鼓舞，顿时兴致大发：“不如，我把它额头上的鬃毛也修一修，剪个齐刘海？”他嘴上征求着我的意见，一双手却已经按捺不住地摸向了剪刀。剪刀上寒光一闪，罗密欧惊得往后连退几步。

“不不不！”我急忙拦住了跃跃欲试的约瑟夫，“罗密欧好歹也是个男孩子！”

“那么，”约瑟夫不死心地说，“剪个板寸？”

就在这时，迈克叫我去训练了。听到姨夫的声音，我如获大赦，连忙牵着罗密欧逃开了。约瑟夫还在我后面喊着：

“哎！你别走啊！我们好好商量嘛！要不，剃个光头也行……”

迈克从来不拘泥于传统的训练方式。“不能总是在赛场里绕圈子跑，那会让它忘记自己的天性。”迈克说，“你应该去野外跑一跑——它是一匹马，它属于大自然。它属于风，属于水，属于闪电，属于一切野性而美丽的东西。”

“跑吧。”他把罗密欧牵到广阔的田野上，对我说道。

“跑到哪里？”我骑在马背上，转过头问他。而他却只是哈哈大笑，重重地拍在罗密欧的马屁股上。罗密欧受了一惊，撒腿就往前跑去。

“跑——到——哪——里？”我一面稳住平衡，一面扯着嗓子回头问。他却没有回答，只是站在原地，好整以暇地冲我挥手告别。

我只好转过身子，把全副注意力都放在罗密欧身上。我们漫无目的地奔跑着，让不羁的风灌满我们的胸腔。

“跑啊！罗密欧！我的好孩子！”

一种发自内心的快乐从我的心底升了起来，血液在我的每一根血管里呼啸奔腾。我再也不受文明社会的束缚，像个野人一样放声大喊起来：

“啊——”

电光石火之间，我明白了迈克的意思——心能到哪里，就跑到哪里。整个世界似乎都不存在了，天地间只有我和我的罗密欧，我们的脉搏以同样的节拍律动着。

踏过野苔藓，踏过荆豆丛，田野尽头出现了一排白色的篱笆，上面挂满了野蔷薇藤。一阵热血冲上我的脑袋，我忽然放开了缰绳，紧紧抱住了罗密欧的脖子，把下颌埋进它纷飞的鬃毛里。我不再对它发号施令，因为它就是我的一部分，像我的一只手、一条腿那样自然。飞跃的一瞬间，它向上腾起身子，每一块肌肉都充满了野性与辉煌，彰显着造物主的力量。

我们落回了地面，篱笆被远远甩在身后。前所未有的力量，无拘无束的自由。我们把自己交给对方，交给广阔无边的荒野。

不知道过了多久，我们终于放慢了步伐，人和马都大口大口地喘着粗气，爆发的肾上腺素归于宁静，一种成就感油然而生。

约瑟夫靠在马厩门口等着我，手里翻着一本书。他帮我把罗密欧牵回马厩。我坐在方方正正的干草垛上，看着约瑟夫麻利地帮罗密欧冲凉洗澡。他嘴里哼着不知名的小曲，给马蹄熟练地涂上防水的蹄油，用海绵在罗密欧背上揉开泡沫。罗密欧则摇头晃脑地甩着水珠，一面打着愉快的响鼻。

洗完了澡，他就把罗密欧牵到通风处，让它的毛发自然风干。干完了这一切，约瑟夫抬手抹了一把额头上的汗水。那顶棒球帽依然严丝合缝地扣在他头上。不知道为什么，约瑟夫总是戴着这顶棒球帽，除了去教堂的时候。

“热不热？”我对他说，“把帽子摘了吧。”

但约瑟夫却摇摇头，把话题岔开了。

在他和迈克的帮助下，我的马术突飞猛进。每天还没等到放学，我的心思就已经飘回了小姨家的农场，随着罗密欧的马蹄一同驰骋。

终于，选拔的日子来临了。我来到了学校的马场，忐忑不安地翻身上马。约瑟夫拿着一块抹布，不知从哪个角落冲上来，把我的马靴擦了又擦。

“完美，完美！”他端详着皮鞋上自己的倒影，搔首弄姿地感叹道。

我还从来没有在室内骑过马。其他女孩都驾轻就熟地做着热身，只有我伸着脖子四处张望——宽敞的马仓，木制的围栏，平整的沙地有半个足球场那么大。阳光透过窗户照进来，整装待发的赛马打着响鼻，空气中飞扬着细小的尘埃。

尽管戴着手套，我还是感到手心微微沁出了汗水。教练念

到了我的名字，我双腿微微夹紧罗密欧的马背，慢慢地走进了场地，在沙子上留下一串铃铛形的马蹄印。在野外骑马的时候，我总是要留心地上的石块，还有凹凸不平的洼地。除此之外，最需要提防的其实是土拨鼠挖出来的地洞。洞口遮蔽着野草，奔跑的马一旦踩进去，就会把马蹄折断。可是在人工清扫过的沙地上，一切都那样平整柔软，留出了足够的缓冲空间。这种待遇简直让我无所适从。

我稳住心神，努力回忆着迈克的教导。每一个动作我都练习过无数遍，每一块肌肉的律动我都了然于心。我开始加速了，耳边是飒飒的风声。场地中心架起的障碍杆越来越近，七步，五步，三步——

我支撑着自己的身体，微微离开马鞍，给罗密欧留出空间，让它抬起前半身。我们像是一枚打水漂的石子，在空中划出轻盈的弧度，转瞬就落到了障碍的另一端，马蹄下激起波澜尘埃。

“你很有潜力！”当我走出马场时，教练赞许地说，“希望你加入马术队后，会有更大的进步。”

我简直收不住脸上的笑容。我牵着罗密欧的缰绳，抱着头盔左顾右盼，寻找着约瑟夫的身影。就在这时，一个甜甜的声音从我背后响了起来。

“喂，新来的！”

我意外地转过身，只见看台上有一个高挑的女生在向我招手。她身边还坐着另外两个姑娘，三人都穿着统一的马术队服——黑色短袖，米色裤子，还有锃光瓦亮的马靴。

“我认得你。”高挑姑娘把头盔摘下来，甩了甩一头浓密的金发。她的笑容唇红齿白，衬得眼睛像矢车菊一样蔚蓝。

蜜亚，她是蜜亚啊！她怎么会认得我？我受宠若惊地望着她，顺着她的召唤走了过去，腼腆地抿嘴笑了笑。

“我是蜜亚。你是那个转学生，对不对？你在怀特农场骑马，我见过的。”等我走近了，她笑吟吟地自我介绍，又问道，“我看见那个乡巴佬送你来参加选拔。怎么，你们在约会吗？”

“乡巴佬？”我没反应过来。

“就是那个约瑟夫。”看着我懵懂的样子，坐在蜜亚右边的姑娘忍不住插嘴道。她有一双猫一样的绿眼睛，皮肤被晒成了健康的小麦色。

我的脸涨红起来，忙不迭地摇了摇头。

“我猜也不是。”蜜亚说，“他不够格。”

“他是个邋遢鬼。”麦色女生鄙夷地说。

“还是个大老粗。”坐在蜜亚左边的女生补充道。她刚摘下马术手套，花了五分钟翻来覆去地检查十个镶着亮片的艳粉色指甲。

“你们看到他的裤子了吗？上面全是泥！”麦色女生皱着眉说。

我的心里顿时升起一阵不舒服的感觉，胃里沉甸甸地拧成一团。约瑟夫每天都帮着家里干农活，衣服自然有点邋遢。我以前也注意到了，却从来没往心里去。现在被麦色女生这么一说，那几个泥点顿时浮现在我脑海里，刺得人眼疼。

“好了，小可怜。”蜜亚用慈悲的语气对我说，“你是新来的，不懂规矩很正常。听我说，你可能不知道，但学校里是有社交食物链的。”

这个我早就知道了。我怔怔地望着蜜亚，只见她鲜红的嘴唇一张一合：“那个乡巴佬，就是食物链的底层，你懂吗？”

我还没来得及回应，蜜亚又开口了，像是善解人意地惊呼了一声：“亲爱的，真抱歉，你是不是不高兴了？也许你们是朋友？你们很熟？”

我的脸色一阵红一阵白，她那双蓝眼睛满怀探究地望着我。

“不……不，没有很熟。”过了很久，我很勉强地开口说，“我们就是……邻居。”

“我真同情你。”亮片指甲女生啧啧地说，“你一定经常闻到他身上的味道吧？他闻起来像动物一样。”

“一个乡巴佬，你总不能指望他闻起来像香奈儿5号吧？”麦色女生不屑地说。

“行了，你们都安静，听我说！”蜜亚打断了两个姑娘的七嘴八舌，又转头看着我，用屈尊纡贵的口吻说道，“你可真幸运，有我们来指点你。听好，从下周开始，你就和我们坐在一起吃午饭，知道吗？你现在是我们的一员了，不能再交乡巴佬那种丢脸的朋友。”

亮片指甲女生和麦色女生对视了一眼，似乎在犹豫要不要这么快就接受我。但是蜜亚已经发话了，于是亮片女生介绍道：“我是梅根。”

“杰奎琳。”麦色肌肤的女生不太情愿地说。

“好极了，现在我们是朋友了。”蜜亚语气欢快地说，“下周一，你可要乖乖地等着我们一起吃饭哟。”

不等我回答，她就风情万种地眨眨眼，抛给我一个飞吻，转身带着另外两个女生走开了。一边走，一边发出鸽子一样叽叽咕咕的笑声。

14 左右为难

我犹豫了很久要怎么和约瑟夫开口。当我们再一次从校车上走下来时，他习惯性地转身要扶我。而我迟疑了一下，把迈出去的脚步收了回来。

“你……先走吧。”我说，“我把梳子落在座位上了。”

“哦？那我等你。”他浑然不觉地说，而我连忙摇了摇头。

“不用了，我自己来。”我急急地说，“你快去上课吧。”

“好吧。”他说，“那，午餐见咯！”

他转身走了，丝毫没有察觉到异样。我又在车上磨蹭了片刻，才在司机大叔不耐烦的催促声中下了车。

约瑟夫依然是我的朋友，只是——我不想让人看到我和约瑟夫一起来上学。蜜亚说了，像他这样的朋友，只会让我蒙羞。

他刚才说什么呢？午餐见？可是蜜亚说了，叫我不要再和约瑟夫坐在一桌。我该怎么和约瑟夫开口呢？

一整个上午，我都坐立难安。终于熬到了中午，我慢吞吞地背着书包走进食堂。约瑟夫坐在我们一贯的角落里，兴高采烈地向我挥着手。

我略带尴尬地向他微微颔首，迅速把头转向另一边。一群光鲜亮丽的金发姑娘们正坐在食堂的另一边，叽叽喳喳地嬉闹着。坐在正中间的蜜亚抬头迎上我的目光，好整以暇地抱起双臂，等着我做出抉择。

我必须要做出抉择了。

我咬咬牙，仓促地低着头，走到了蜜亚的桌子边，简直不敢回头看约瑟夫的表情。蜜亚气定神闲地微笑着，像是拿捏准了我的行为一样。

我在蜜亚对面坐了下来，那感觉真是难受极了。明明和全校最受欢迎的姑娘坐在一起，却像是坐在针毡上。我的心中升起一阵愧疚，却使劲把这种愧疚压下来，同时又强迫自己忽略掉蜜亚意味深长的神色。桌子边的其他人并没有对我表示过多的热情。我弯腰把书包放到脚底下，而她们自顾自地聊着天，热火朝天地讨论着。梅根挽着杰奎琳的手，一脸艳羡地说：

“我也想要你这种小麦色。也许我应该跟我爸说一声，帮我买一张去迈阿密的机票！只要在海滩上躺一个下午……”

“去美容院就行。”杰奎琳说，“他们有专门的晒灯。你只要躺进仪器里，就能把皮肤颜色晒成深色。”

“要全身脱光躺进去吧？”梅根问。

“我总是穿着泳衣。”杰奎琳得意洋洋地说，“我的男朋友说了，黑白分明的晒痕更性感。”

她们的话题劲爆得超乎我的预料。在怀秀的时候，女孩子

们偶尔谈论谁喜欢谁，谁和谁牵手了，都要羞红了脸，唧唧咕咕地笑作一团。而这群女生却毫不在意地聊起各种隐私。我的脸上一阵阵发烧，只能使劲把头埋进盘子里，可是她们没有放过我。几番谈话过后，蜜亚把话题引到了我身上。

“你长得蛮可爱。”她说，“你也有男友吧？你在中国的时候，是不是有很多神秘的男朋友？”

我涨红了脸，用力地摇着头。蜜亚把脸板了起来，声音也变冷了。

“你不诚实。”她上下打量着我，仿佛我很不识抬举，居然违了她天大的面子，“我们拿你当朋友，朋友难道不应该分享秘密吗？”

“我们都把自己的事讲给你听了。”梅根撇着嘴说。

“你不把我们当朋友的话，我们也不欢迎你。”杰奎琳轻蔑地说，用叉子指了指远处的角落，“你没有资格坐在这儿。”

我的脸色一阵红一阵白。能和学校里最受欢迎的女生们坐在一起，是学校里其他姑娘梦寐以求的。我付出了那么多，甚至咬牙扔下了约瑟夫，才换来这份风光，怎么能够止步于此？

仅仅半年以前，我还和她们一样，在学校里呼风唤雨、随心所欲。自从摔断腿以来，我无数次梦见过去的浮光掠影，却只能怅然若失地醒来——我多渴望能让时光倒流啊！我多想像以前一样，重新成为那个风头无两的程丹妮。

她们的眼睛依然咄咄逼人地望着我。犹豫了很久，我才支支吾吾地说道：

“嗯……有吧，有一两个……”

蜜亚的脸色一下子转晴了，露出一个明艳的笑容来。那个笑容让我舒了一口气。看来，我还没有失去她的友谊。

“我就知道，你不会让我失望的。”蜜亚甜甜地说。

蜜亚说：“那么，你现在到美国来，一定和他们都分手了。”

这个话题总算结束了。我有点感激地看了蜜亚一眼，只听她接着说：“乡巴佬有没有追你？我打赌他一定喜欢你！你实话跟我们说，你到底喜欢不喜欢他？”

“不！”我用力地摇着头，“不……”

“你脸红了？你不是害羞了吧！”蜜亚根本不给我喘息的机会。

“不！不是！”那种热血往上冲的感觉又回来了，我的呼吸变得急促起来。情急之下，我用上了她们常说的单词，口不择言地喊道，“我才不会喜欢那个乡巴佬！”

这句话一出口，我就后悔了，紧紧地咬着下嘴唇，简直快要尝到一丝腥味。可是蜜亚似乎很满意，转头看了看旁边的两个姑娘。她们三人交换着复杂的眼神，意味不明地笑了起来，这才结束了这个令人难堪的话题。

我的胃一阵紧缩。我讨厌这种感觉——约瑟夫帮过我那么多忙，我却跟着外人一起诋毁他。这种行为连我自己都感到不齿。蜜亚端坐在我的对面，不紧不慢地微笑着，笑得那么妩媚，眼睛里似乎闪过一丝猫捉老鼠的光芒。

一阵恼火顿时升上我的心口。离下一节课的时间还远，但

我刻意抬手看了看表，迅速地收起了书包。正当我转身要走的时候，蜜亚却又叫住了我。

这一次，我冷冷地看了她一眼。已经够了。我已经吃过了她的苦头。可是她却像是一无所知，用亲切的口吻对我说：

“这个周末，我们几个人要去我家训练，你也一起来吧！既然是朋友了，自然要互帮互助。我们毕竟骑得久，好歹能跟你分享一点经验。”

我根本没想到她会说出这种话，一时怔怔地看着她，她却亲热地朝我笑了起来。我刚刚在心底建立起来的屏障，一瞬间又松动了。也许蜜亚并不是刻意要我难堪？也许美国女孩子就是这样开玩笑的？也许这就是她们表达友谊的方式？

“那么，下午见！”她笑吟吟地向我挥手。我不知道该说什么，只能腼腆而仓促地笑了笑，朝她点了点头。

等到下午放学的时候，我才看到了约瑟夫。他戴着白色的棒球帽一闪，就快步上了明黄色的校车。我左右看了看，确定蜜亚和她的朋友们已经开着自己的私家车回去了，这才追上了约瑟夫，坐在了他的身边。

他没和我说话，目光看着窗外。我有些讨好地拍了拍他的肩膀，叫了一声他的名字。

“我认识你吗？”他转过头，用冷漠的腔调说。

我小心地赔着笑脸，他却固执地重复了一遍：“我认识你吗？”

“哎呀！别这样，好不好？”我尴尬地压低了声音，生怕被其他同学听见。

“怎么？你不是有了一群好姐妹么？你和她们一起回家好了。”

“你不要生气嘛。”我低声下气地说，“我不是想抛开你！只是蜜亚，她的骑马经验丰富，我想多和她学习学习……不要生气了，好不好？除了你，我一个朋友都没有……”

“你有我就够了！”他说。

“喂，我好歹是个女生！我也想要几个女生朋友啊！我们女孩子会结伴去洗手间的，难道你能陪我一起去洗手间吗？”为了活跃气氛，我昂着头和约瑟夫插科打诨，末了又露出一副可怜巴巴的神情：“你不要生气了，好不好？”

他似乎有几分动容，却依然板着脸，凶巴巴地说：“你想要女生朋友，也不该找蜜亚！蜜亚那伙人，不是什么善茬！”

“也许你搞错了。”我争辩道，“也许她们没有你说的那么坏！如果她们那么坏，为什么还让我和她们一起吃饭？而且蜜亚还鼓励我了，要我好好准备，早点去比赛。”

他恨铁不成钢地瞪了我一眼，一时间却找不到什么话来反驳我。我也不甘示弱地瞪了回去。我们大眼对小眼地看了半天。终于，他忍不住苦笑起来：“唉！真拿你没办法！”

他这一笑，我心里就舒了一口气，顺手拉开书包拉链，掏出一个苹果，津津有味地啃了起来。中午那顿饭，我疲于应付，根本没心思吃几口。

咔嚓咔嚓啃苹果的时候，约瑟夫在我耳边缓缓地叹了一口气，尾音很轻很轻：

“你呀……”

那种愧疚感再度升上我的心头，但我很快又把这种情绪压制了下去。隐隐约约地，我知道约瑟夫一定会原谅我。人都是这样的生物——越是亲近的人，越是有恃无恐。

15 圣诞月

接下来的日子一如既往。我依然和金发姑娘们一起吃午饭，忍受杰奎琳的几句嘲讽，其余倒也相安无事。出了学校，我依然和约瑟夫是朋友。只要没有其他同学在场，我们的友谊仍然可以维系下去。

我知道这对约瑟夫不公平，可我有什么办法呢？我努力安慰自己：约瑟夫不够酷，在学校的社交地位不够高，那又不是我的错！我比他更受欢迎，自然会有更优越的朋友圈子。人不都是往高处走吗？水才往低处流。

周末终于到了。我早早地爬起床，头发梳了三遍才满意。我牵着罗密欧去找蜜亚，她住在田野尽头那所漂亮的白色别墅里。

霍普金斯家是著名的马术世家。主客厅的整整一面墙都砌成了玻璃橱柜，里面摆满了金光闪闪的奖杯，盛气凌人地彰显着这个家族的荣耀。他们的马厩宽敞平整，像长廊一样绵延到远方。

蜜亚已经在马场里热身了。杰奎琳和梅根也陆续抵达，纷纷翻身上马。

“你的美甲可真好看！”蜜亚转到梅根身边，勒住马的缰绳，大惊小怪地叫了起来，听到蜜亚的夸赞，梅根得意洋洋地摊开手，镶着亮片的指甲一瞬间晃晕了我的眼睛。

“你应该把它再蓄长一点，顶端磨尖。”蜜亚热情地提议道，“时尚杂志就是这么做美甲的，这是今年最流行的款式！”

梅根止不住地点着头。我却迟疑了一下：留着长指甲，真的方便骑马吗？就算戴着手套，也要勒缰绳。如果太爱惜自己的指甲，怎么能放开手去训练呢？

场地的另一头，杰奎琳骑着马跳过了障碍，落地的时候打了个趔趄。在我们的围观下，杰奎琳有点恼羞成怒。“我的马不听话。”她烦躁地说，“它今天不知道吃错什么药了，在马厩里还好好的，一上场就尥蹶子！”

“你得教训它，让它知道谁才是主人！”蜜亚给她帮腔，“有的时候，马为了偷懒，就会跟你对着干！不让它吃点苦头，你就建立不了绝对的权威！”

在蜜亚的怂恿下，杰奎琳换上了马刺，毫不留情地踢着马柔软的腹部。马吃疼，果然撒腿跑得像风一样。它翻着大片的眼白，脖子伸成了难看的直线。杰奎琳却喜形于色，对蜜亚说：“还是你有办法！”

我简直不忍心看，只能把脸转向一边——蜜亚说的真的对吗？确实，有的时候马会偷懒，但是不断地甩头甩脖子，也可能是有什么隐患。在皮毛的遮盖下，也许它已经受了内伤，原地休息还好，一承重就会痛苦不已。

我抬眼望着蜜亚。她只顾得盯着杰奎琳和梅根，根本没注意到我。她稳稳地坐在马背上，嘴角带着一丝冷冷的、不易察觉的笑意。那捉摸不透的神情让我的心悬了起来。我本以为能在蜜亚的指导下学到东西，可我现在却比之前更疑惑了。

就在这些五味陈杂的日子中，天气越来越冷，期末考试的时间到了。一个学期下来，我的口语突飞猛进，但是阅读文章依然困难，大串大串的英文单词看得我头晕眼花。稀里糊涂地考完最后一场试，忽然有同学指着窗外惊叫起来：

"雪！下雪了！"

雪！真的是雪！天空中纷纷飘零的，分明是细细的雪花！我们都忘记了手头的试卷，一起转向窗外，不约而同地惊呼起来："雪！下雪了！"那兴奋劲儿像是从来没见过雪一样。

这是弗吉尼亚今年冬天的第一场雪啊！

我忙不迭地交了试卷，急急忙忙地跑到操场上。雪下得大了一些，落在我的鬓角上，染出星星点点的白雾。约瑟夫也从教室里跑出来，拉着我的手腕往外走：

"下雪了，路就不好走了，我们早点回家去！"

约瑟夫说得没错。等他把我送回家，外面的雪已经下得很大了。刚开始还只是红土地上一层薄薄的白霜。紧接着，新雪就把整片辽阔的平原覆盖住了。

小姨留约瑟夫在家里喝茶。我们坐在起居室里，捧着热气腾腾的甜茶，望着白茫茫的天地。壁炉里的木炭噼里啪啦地燃烧着。我回想着过去的一个学期，忽然有些恍惚。

"约瑟夫……"我叫了他的名字，却又咬住嘴唇。我有很

多话想跟他说，包括蜜亚的事。约瑟夫一定能给我靠谱的建议。可是我又想起来了，我为了马术队抛弃了约瑟夫，顿时又内疚起来，不知道该怎么开口。

看着我左右为难的脸色，他已经猜到了七八分：“你想说什么，就说吧。”

“我……其实我也不知道自己的选择对不对。”我鼓起勇气说，“我加入了马术队，可我并没有变得更开心。蜜亚和她的朋友们，有时候似乎很热情，可有的时候又会说一些过分的话……我真不知道她们是恶意的，还是刀子嘴豆腐心。”

我想起她们那些关于“红毛”的评论，有点说不下去了。

“没有刀子嘴豆腐心，只有刀子嘴刀子心。”约瑟夫一针见血地说，“真正在乎你的人，说出来的话一定会考虑你的感受。”

“也许美国教育就是这样的？想到什么就说什么？”

“直率跟没教养是两码事。”他毫不犹豫地回答。

“对了，蜜亚还带我们去她家训练。”我忽然想起了蜜亚的指导，一股脑儿地告诉了约瑟夫。他的眉头越皱越紧。

“简直是胡说八道！”他恼火地说，“这也叫朋友吗？这是在耍猴呢！”

我心里虽然也犯嘀咕，但是“耍猴”这个词实在有点刺耳。“驯马有很多方式。”我下意识地辩解道，“也许蜜亚家就是那样。”

“我还是那句话。”约瑟夫板起了脸，“你最好少跟她们打交道。她们那些人很无聊的，一天到晚勾心斗角。你和她们不一样，跟她们交往是拉低了你的层次。”

他这句话一下子戳痛了我。我想起她们诋毁约瑟夫的时候，我什么也没有说。一回过头，我又跟约瑟夫同仇敌忾，一起批判她们的嘴脸。我才是两面三刀的那个人。我根本配不上约瑟夫的评价。

约瑟夫看着我难受的样子，还以为自己把话说重了，于是他放缓了声音："我也不是让你跟她们直接闹翻。毕竟是一个队的，她们要想折磨你，确实会给你添很多障碍。你只要明白自己想要什么就好。你加入马术队，是因为你想骑马，想做一个好骑手。至于别的，你也不需要太在意。”

就在这时，安妮跑了过来，终结了我们的谈话。她坐在我的腿上一摇一晃，嘴里唱着“红鼻子驯鹿鲁道夫”。那样子实在可爱，我和约瑟夫都忍不住微笑起来。

“圣诞节快要到了。”约瑟夫说。

“还有半个多月呢。”我说。

“整个十二月都是圣诞月。”他坚持道。圣诞是美国人最重要的节日，也是团聚的日子。我看着窗外的雪，忽然有点想家了。汗流浃背地练习马术时，我没有想家；吃着不合口味的沙拉和三明治时，我没有想家；抱着厚厚的辞典一个词一个词查着做作业时，我没有想家。可是就在现在，我舒舒服服地靠在软绵绵的沙发里，喝着加了牛奶的热茶，身边围着亲人和朋友，我却突然想家了。不知道爸爸妈妈现在怎么样了，过得好不好？住在曾经有三个人的房子里，会不会感到一阵空荡荡？

“怎么啦？”看我忽然陷入沉默，约瑟夫问道。

“我有点……想爸爸妈妈了。”我说。这句话一出口，我就有点不好意思。可是除了约瑟夫，我还能跟谁说这句话呢？小姨和迈克那么尽心尽力地照顾我，我要是和他们说自己想家，是不是有点不知好歹？

约瑟夫没有嘲笑我，而是指着遥远的地平线，对我说：“太阳落下去了。”

“嗯。”我心不在焉地应了一句。冬天本来就是白昼短，黑夜长。

“太阳落下去了……去照亮你的家乡。”

我诧异地抬起头，看了一眼约瑟夫，心底某个柔软的地方忽然一动。他正望着窗外，鼻梁勾勒出清瘦的弧线，呼吸在玻璃上凝成一层浅浅的白雾。

他的睫毛那么长，微微上扬着，侧脸如此安详。时间恍惚在这一刻静止了。

“雪停了。”他忽然站起来，大声对我说，“走！我们去骑马！”

我一时间没反应过来，有点懵懂地看着他：“去雪地里骑马？”

“对！”他向我招了招手，“我们走！”

我骑上了罗密欧，而约瑟夫跑回家，牵来了他们家的黑珍珠。黑珍珠有一半阿拉伯马的血统，头呈楔形，马尾高耸，从耳尖到马蹄都是墨一样浓重的黑色，每一块流线型的肌肉都彰显着活力，那样子真是英姿飒爽。

我们并肩骑着马，缓缓地踏在雪地上，身后留下一连串的马蹄印，像是步步生莲，每一步都在白雪上留下一朵半圆形的花瓣。两匹马欢快地打着响鼻，呼出一阵温暖而湿润的白雾。看着眼前的雪景，我诗兴大发，对约瑟夫吟诵道：

“黑马身上白，白马身上肿。”

“真够烂的。”约瑟夫彬彬有礼地回答道。

“那么，你来说个不烂的。”我回敬他。约瑟夫望着眼前茫茫的新雪，安静地想了一会儿，闭上眼睛慢慢地说道：

我的孤独是一条冻结在岸上的小船
映照着岁暮的最后一抹红霞
它知道自己是什么，知道自己
既不是冰，也不是泥，也非冬天的寒光
而是木头，生来便能炽烈地燃烧。

这是美国女诗人艾德丽安·里奇的诗歌。约瑟夫正在变声，嗓子沙哑得像卡了鸭毛。但是他念起诗时，脸上的神色那样平静。白雪映出来的反光照射在他脸上，显出一种不期然的纯净。周围那样安静，隐约有风吹落绿松针上的雪，发出簌簌的声音。

我们谁都没有说话，连马也一动不动地站着，享受着这片刻的宁静。过了很久，约瑟夫把眼睛睁开了，转过头望着我：

“你的进步很惊人。你有天赋，又肯努力，这两点真的很难得。至于其他人，你不需要在意。”他指了指胸口，“你要记住自己是什么。”

既不是冰，也不是泥，也非冬天的寒光；而是木头，生来便能炽烈地燃烧。我的心头一热，脱口而出："你会一直陪着我吗？"

"我会的。"他迎上我的眼睛，认真地承诺道。

16 冲突

就像是合着我的心意一样，春天来得特别早。罗密欧身上御寒的厚垫子一件件减少了，田埂上的雪化成三月里的暖风。弗吉尼亚一天比一天更加充盈地活过来，远方的山岗透出柔润的青黄。

我们高中和姐妹校组织了马术友谊赛。在初级组的比赛中，我不负众望地拔得了头筹，观众席上发出了稀疏而礼貌的掌声。他们不是为我而来的，而是在等高级组的比赛。他们想看的是蜜亚的压轴表演。她是家喻户晓的赛马小公主，是镇上最有实力冲刺奥运会的新星。当她行云流水地跳过三英尺六英寸的障碍杆时，连裁判都禁不住大声地赞美了一句："真漂亮！"

在众人的注目中，蜜亚放声大笑起来，打了一个清脆的呼哨，潇洒地拍了拍马的脖子。我痴痴地仰着头，望着蜜亚毫无瑕疵的动作。也许我一辈子都追不上她。

而我呢？我想起了平凡无奇的罗密欧。我还在练着枯燥乏味的快慢步，重复的训练似乎永远没有尽头。这样下去，我一辈子都追不上蜜亚。她走得那么快，那么远，像天上的星星一样，在我无法触及的高度熠熠生辉。想到这里，刚刚获得的初级组冠军一下子变得像是过家家，一点都不值得高兴了。

比赛结束了，蜜亚从马背上跳了下来。我从包里掏出水递给她。“你骑得真好。”我不无艳羡地说，“真想像你一样。”

“这可不是谁都能做到的。”蜜亚不屑地说。看到我沮丧的神情，她似乎又动了恻隐之心，换了一副安抚的口吻，“再说了，骑马不但要看技术，装备也得跟上啊。你看我的马‘地狱火’，那可是千挑万选的纯血，生来就是要做冠军的。”

我们一齐转过头，望着蜜亚那匹英姿飒爽的枣红马。蜜亚抬手拍了拍地狱火的脖子，露出了不加掩饰的骄傲。

“我的马有一颗狮子的心。”蜜亚得意地说。她转头看了我一眼，露出一种充满优越感的怜悯，“我见过你的马，是白色的，对吧？它一看就是个杂血，年龄又大了。骑着那种马，你只能当垫底。”

“还有，你的教练是谁？是你姨夫？”蜜亚继续问道，语气里带着轻蔑，“我爸爸说过他，他年轻时就是一个平庸的骑手，早早就退役了。他那套随心所欲的训练方法是不行的。说好听是解放天性，说不好听就是毫无章法！他和那匹马一样，只会耽误你！”

从头到脚被蜜亚否定了一遍，我快快地回到家里。迈克站在梯子上哼着小曲，敲敲打打地修补着马厩的屋顶。他的教育方法和严老师大相径庭。他总是怀着极大的热情，毫不吝啬地夸奖我每一个微小的进步。

“看看！我们的冠军回来了！”他高兴地说，“我给你们教练打了电话，他说你表现得好极了！”

这些夸奖以前会让我高兴得红了脸，但是现在不会了。甜言蜜语听得多了，也会在耳朵上打起一层蜡，何况我已经认识到了自己和高手之间的差距。也许蜜亚说得对，也许迈克的教导并不专业。中国不是有句老话吗？严师出高徒。怀秀对我们的要求那么严格，每一天都被训练排得满满当当，怎么到了迈克这里，就变得像游戏一样了呢？

我在原地僵硬地站了一会儿，咬咬牙对迈克说道：

“姨夫，我的进步太慢了。我想加训。”

我没法像蜜亚一样随心所欲地换马，因为一匹新马要花很多钱。但是我至少可以加快自己的进度，努力缩小一点差距。

迈克惊讶地打量着我。

“你已经很好了。”他说，“慢慢来，把基础打牢一些。兴趣才是最重要的，只要你按部就班……”

“不！我想加训，我不想再做一只井底之蛙了！”我固执地说，“比起其他骑手，我的起步已经太晚了。我根本耗不起！我想和蜜亚一样，去参加高级组的比赛！”

“你太心急了，丹妮！”迈克收起了一贯的笑容，有些严厉地对我说，“你的进步已经很大了！你接触马术的时间不长，身体又……”

“我的身体怎么了？！”

我截断了迈克的话，攥紧了手中的缰绳，指关节泛着鱼肚皮一样的白。我倔强地盯着他的嘴唇，直到他把最后的单词咽

了下去。我知道他想说什么。我的身体有残疾，是不是？所有人都不厌其烦地告诉我：已经做得很好了——对于一个残疾人来说。

我受够了。我受够了他们的大慈大悲。我受够了他们出于善意，下意识地为我降低标准。这不就是一种变相的歧视吗？他们打心底，就没有把我当一个健全的人来看！

在我们的僵持中，迈克率先移开了视线。

“丹妮，等你冷静下来，我们再谈吧。”他的语气很平静，隐隐地透露出一丝失望，“眼下，我没法继续教你了。”

我死死地瞪着迈克转身离去的背影，眼眶火辣辣地疼，却毫不服输地紧紧咬着嘴唇。

不教就不教！别自以为是了，我程丹妮犯不着去求你！你以为你是谁？蜜亚都说了，你只是一个没出息的骑手。你自己都不成功，有什么资格指点我？

我尖酸刻薄地想着，满心都是报复的情绪。我牵着罗密欧的缰绳，沿着田埂去找约瑟夫。迈克不愿意教我，那又怎样？反正我有约瑟夫，他总会帮我的。但是约瑟夫没有像往常那样一口答应，而是迟疑地摇了摇头。

“丹妮，”他慢吞吞地说，“我觉得你姨夫是对的。你搞错了骑马的目的。骑马是为了享受过程，而不是一门心思和人竞争。”

他的回绝让我大失颜面。他虽然总是和我斗嘴，但关键时刻总是百依百顺。怎么？现在他也要和我对着干吗？

“我的进度太慢了！你也看到了，我每天都训练，却总是原地踏步！迈克老是说慢慢来，兴趣最重要。可是照这样下去——”我气急败坏地说，“照这样下去，我一辈子都比不上蜜亚！”

“正是因为你每天都训练，所以你更不能操之过急！你需要适当地休息！”约瑟夫严肃地说，“你不要老是想着蜜亚！你和她的情况不一样！”

“我不需要休息！我的身体很强壮！”我的声音提高了，眉毛扬起刻薄的弧度，“我和蜜亚怎么不能比了？哦，我知道了！因为我是个残疾嘛，我就活该事事不如人！”

约瑟夫的脸涨红了。我还是第一次看到他这么生气。他的嗓门拔高了，简直是吼了起来：“你怎么能这么说？你明明知道，我从来没有把你看成残……”

他停住了，仿佛是强忍住大吼大叫的冲动。再次开口时，他的音量降低了一些，口吻却格外冰冷：

“从一开始，我就跟你说过：学赛马之前，你必须想清楚：究竟是真的热爱这项运动，还是为了和蜜亚攀比。你当时说你想清楚了。”

我被他噎得说不出话，而他继续说道：

“就算你不需要休息，马也需要休息！你关心过罗密欧吗？还是一门心思只想着你自己的虚荣心？”

“你怎么敢……”我怒不可遏地开口说，却被他恶狠狠地打断了：

“如果你只想着自己，你永远不会成为一个好骑手的！永远不会！”

我们都不说话了，胸腔像溺水一样剧烈地起伏着，咬牙切齿地望着对方。他转了个身，大踏步走回屋里，把房门在背后重重地摔上了。

我愤恨地盯着他紧闭的家门看了一会儿，也转过身走开了。好！走就走吧！有什么了不起？我自己练就是了！我会证明你们所有人都是错的！

我牵着罗密欧径直走进田野里。罗密欧想在篱笆边停下来咬一口草叶，却遭到了我的呵斥，被我紧紧抓着缰绳拽开了。它似乎感觉到了我的怨气，也焦躁地喷起了响鼻，左右甩动着脖子。我翻身上马时，它前所未有地甩起了后蹄，表达出了自己的抗议。

我知道它累了。它今天已经参加了一场比赛，它不想再训练了。可我是骑手，我是它的主人。我用力夹紧马背，用马鞭抽打它的背部。它开始向前跑了，却不停地甩动脑袋，表达着自己的不满。而我死死地握住缰绳，再三扬起马鞭，同时大声地训斥着它。

马术是一场意志力的拔河。骑手在试探马，马也在试探骑手。如果马认为我的骑术不足以驾驭它，那么我将丧失我的威信，它就不会真心实意地服从我的指令。迈克曾经说过，驯马时必要的体罚绝不能少。罗密欧一向听话，我从来没有体罚过它。但是今天，它却怎么也不肯配合，大大触犯了我的尊严。

一阵强烈的恼怒冲昏了我的脑袋。所有的人都不支持我，连你都忤逆我么？蜜亚的冷笑猛地浮现在我的眼前——“你的马，没有那颗冠军的心。”

罗密欧，你怎么敢忤逆我？

你——你只是一匹畜牲罢了！一匹永远也当不了冠军的畜牲！

罗密欧变得更加烦躁了，不停地甩动身躯，而我不断抽击它的头部和脖子，力度随着怒火的上升越来越大。渐渐地，我们两个的喘气声都变得急促起来。但我绝不让步，只要退让一步就是前功尽弃——武则天还用过血腥驯马法呢！

不给罗密欧一点教训，它真是一点规矩都没有了！

终于，罗密欧吃痛地抽搐起来，两只前蹄高高抬起。我的重心一下子天旋地转。这一瞬间的恐慌击中了我，终于让我在狂热中恢复了一丝理智。我慌忙弯下腰，想要抱紧罗密欧的脖子，可是已经太迟了。罗密欧用力踏着后蹄，身体猛烈地甩动着，一下子把我从马背上抛了出去。

一瞬间，我的双臂向前张开，以飞翔的姿势升到了空中，风声从我的耳边呼啸而过。

然后，我直直地向地面砸去——

结束了。

最后一次跳舞的画面忽然回到我的心间，带着更加清醒的痛苦。我早已尝过了急功近利的教训，却依然执迷不悟，接二连三地做出愚蠢的决定。

我终于后悔了，可是为时已晚，我的身体离地面越来越近。

伴随着一声撞击的钝响，我合上了双眼。

17 意难平

也许过了几秒，也许过了一辈子，我从恍惚中慢慢醒来。我用力地眨了眨眼，模糊的画面逐渐聚焦。

一只甲壳虫收起翅膀，落在离我鼻尖不远的地方。扎着马尾的发绳绷开了，长发凌乱地披散在脸上。我的侧脸枕着绵软的泥土，倾听大地深处传来我的心跳。

我没有死，我还活着。我的胳膊上泛起了淤青，后背上也酸痛难忍。可是除此之外，我并没有受到什么严重的创伤。

慢慢地，我翻过身，抬头望着广阔无垠的长天。

一阵呼唤声由远至近："丹妮——"

我费力地撑起上半身。手掌撑在泥土上，顿时传来一阵火辣辣的疼痛。我用牙齿咬住手套尖，头往旁边一偏，把手套扯了下来，才发现白皙的掌心里有深深的鲜红勒痕。

刚刚情势危急，我在恐慌中死死拽住缰绳，试图悬崖勒马，可我还是摔了下来。我怔怔地坐在地上，望着双手的勒痕发呆。

自从学习马术以来，我还是第一次落马。

就在我出神的时候，约瑟夫的脚步声已经响了起来。他撑着篱笆翻身一跃，落在我的面前："丹妮，你……你怎么样了？你摔下来了？”

他在我面前弯下腰，微微喘着粗气。我惊讶地抬头望着他：“你怎么来了？”

“你那个暴脾气，我还不了解你吗？”约瑟夫没好气地说，“果然被我猜中了！没摔断脖子，算你运气好！”

“把手拿来我看看！”他恶声恶气地说，有些粗暴地把我的手拽了过来。碰到我手上的勒痕，我不由得“嘶”地倒吸了一口冷气。他不为所动地板着脸，动作却放轻了。

“你是傻吗？马往前拽，你就跟它死犟着？你不会松手吗？”他低头查看着我的手心，皱着眉头教训我。

我自知理亏，紧紧地闭上了嘴。可是看到约瑟夫担心的样子，不知为什么，我忽然心头一热，咧着嘴傻笑起来。笑声中有劫后余生的喜悦，还有和好后的如释重负。

“笑什么啊？”他莫名其妙地问。

“你先和我说话了。”我得意洋洋地说，“你输了。”

“什么谁输谁赢的！”约瑟夫没想到我会突然蹦出这么一句话，把脸拉得长长的，好气又好笑地瞪了我一眼，“你是五岁小孩吗？”

一边说，他一边扶着我慢慢地站了起来。我们一齐转过身，望着不远处的罗密欧。罗密欧望着我，眼睛里流露出心有余悸的神色，怯生生地往后退了几步。

“现在怎么办？”我问约瑟夫。

“你必须回到马背上，现在。”他坚决地说，“一旦落马，骑手必须尽快回到马背上，重新树立起自己的威信。否则

你下次再想驾驭这匹马，就会变得更困难。”

“虽然你摔下来是因为自己犯傻吧，”约瑟夫白了我一眼，“但是骑马的时候，无论骑手做错了什么，马都不能把骑手摔下来。你必须让它知道：无论在什么情况下，马都不应该违抗骑手的命令。”

我在他的搀扶下翻过了篱笆，缓缓向罗密欧走去。可是它似乎还记得我刚才的呵斥，满眼都是惊恐，马蹄在地面上不安分地跺着。我刚要接近它，它就接连往后倒退了几步，退到了更远的地方。我无计可施，只能求助地看向约瑟夫。

“你摔下来时很害怕，马就不害怕了吗？论道理，它其实没做错什么，却要为你的失误买单。”约瑟夫说，“我们只能想想办法，好好安慰一下它。”

我恍然大悟地拍了拍脑袋，伸手去裤兜里掏糖，却被约瑟夫再度制止：“它刚才把你摔下来，你还给它吃糖，那不成了奖励啦？”

“那……你说该怎么办？”

约瑟夫把缰绳套在肩膀上，拿起一个空荡荡的小铁皮桶，敲着桶朝罗密欧走去了。敲桶的声音往往意味着喂饲料的时间到了。可是罗密欧依然满怀警惕。金属的敲击声仿佛起到了反作用，它的耳朵来回转动，眼睛惊惶地四下打量着。

约瑟夫放下桶，把双手张开，嘴里发出“嘘——嘘——”的安抚声。他小心地移动着脚步，生怕大幅度的动作会把罗密欧再次吓跑。这一刻，罗密欧不像一匹高大的马，而像一只纯白的小鸽子，忐忑不安地栖息在田埂上。只要稍有动静，它就会“扑棱棱”地飞走。

“别怕，罗密欧，别怕。”约瑟夫轻轻说道，“丹妮知道错了，你原谅她好吗？”

他的语气那么温柔，像是在安抚一个惊慌失措的小孩子。他抬起头，满怀诚恳地望着罗密欧那双杏仁般的眼睛。它不安地打着响鼻，却没有再往后退了。

动物比我们想象的更聪明。它虽然听不懂人类的语言，可它一定看到了约瑟夫眼睛里的友好与真诚。“到我身边来，好吗？”约瑟夫恳求地问，“我们一起回家。”

罗密欧紧紧盯着他的瞳孔。终于，它紧绷的肌肉慢慢地松弛下来，神情也变得顺从了。约瑟夫伸出手，试探着拍了拍它的前额。它没有排斥约瑟夫的触摸，于是约瑟夫往前走了两步，给罗密欧套上了缰绳，把它牵回了我面前。

罗密欧的神情一如既往地温驯，还多了几分小心翼翼。我伸手摸着罗密欧的鬃毛，把额头轻轻抵在它的脖子上。当我碰到它的皮毛时，它的身体颤抖了一下，下意识地往后缩了缩。

“对不起……”我小声说道，苦楚的内疚如鲠在喉，“对不起。”

它清澈的眼睛直直地看着我，柔软的鼻翼微微颤抖，仿佛接受了我的道歉。我在约瑟夫的帮助下翻身上马，在马背上调整坐姿。我的手指碰到了罗密欧的肩膀，上面还带着触目惊心的鞭痕。

“对不起……对不起。”

我喃喃地说着，喉咙里发出一阵含糊的咕噜声。就算罗密

欧原谅了我，我也难以原谅自己。我怎么忘记了呢？在那个濒临崩溃的黑夜里，是罗密欧拯救了我。而我呢？我又是怎么对待它的？把它当成一匹家畜，甚至一件工具——就像是背包里的一双舞鞋，或是一件练功服。

“对不起……”

我止不住地呓语着。罗密欧侧过头来，打了一个温和的响鼻。那样子仿佛是在安慰我：没关系。

它已经原谅我了。它只记住我对它的好，轻易地就忘记了我对它的伤害。我把头侧过去，不想让约瑟夫看见我擦眼泪的样子。

那天的晚餐桌上格外沉默，隔着桌上的瓶瓶罐罐，简直能听见刀切在面包里的声音。我心不在焉地勉强塞了几口，不时拿眼角去瞄迈克，只希望他能像约瑟夫一样，主动和我开口说句话，我就能顺势下个台阶，和他恢复之前的和睦关系。

可是他只是沉默地咀嚼着食物。今天的主食是盛在大浅盘里的土豆泥，白色的陶瓷壶里盛着浓郁的肉汁。我咬着嘴唇想了想，悄悄把迈克最喜欢的胡椒粉移到我的右手边。这样，迈克就得请我帮忙。果然，往土豆泥上撒过盐以后，迈克朝我开口了：“丹妮，请你把胡椒粉递过来。”

我等的就是这一刻，连忙扔下叉子，殷勤地把胡椒粉递给他。他礼貌地对我说了一句：“谢谢。”

“不客气。”我忙不迭地说。看到他的表情似乎缓和了一下，我装出漫不经心的样子问道：“对了，迈克，我们明天还是五点训练吗？”

可是他却摇了摇头，我的心一瞬间沉了下去。

“不，丹妮。我认为你的训练应该先放一放。”他叹了一口气，“我不是在惩罚你，而是你的得失心太重了，需要冷却一下。这种急躁的心情，也许短时间能成为你的动力。但是从长远来看，并不是一件好事。”

小姨听到了这句话，惊讶地抬起头，朝我们的方向望过来。我感觉脸上再度烧了起来，耳膜发出了奇异的嗡嗡声。刚才小心策划的示好全都白费了，变成了自取其辱。蜜亚纵马飞跃的身姿再一次从我眼前掠过，撞在我的视网膜上一阵阵疼。

忽然间，我想起了妈妈。她总是给我买最好的芭蕾鞋，请最好的老师，四处求人也要把我送进全是大孩子的高级班，费尽心思也要把我捧上顶峰。迈克终究是亲戚，不是吗？他对我，终究是出于亲戚的情分，才不会真正把我的前途放在心上！我明明可以百尺竿头更进一步，他却只会泼我冷水！

白天的那种怒火又死灰复燃，一下下地舔舐着我的神经。我再也忍不住了，把叉子往盘里一摔，忿忿地冷笑一声：

“如果换成安妮，你就会答应了，是不是？”

他满面惊愕地抬起了头，额前有一条条深深的皱纹，像是干涸的土地。我忽然后悔起来。总是这样，我总是控制不好自己的情绪，就像一只腹背都生满了刺的刺猬，总要把别人和自己都扎得伤痕累累才罢休。

可是为时已晚，说出去的话已经覆水难收。我只能匆匆地转过身，跑回了自己的房间。一跑进屋，我就趴在了床上，把脸埋进枕头里，虚弱无力地啜泣了起来——

这里终究不是我的家，没人会像爸爸妈妈一样无私地包容我了。

不知在黑暗中躺了多久，门口忽然传来窸窸窣窣的声音。小姨轻轻地敲了敲门，叫着我的名字："丹妮？你睡了？"

我咬紧了牙关，一声也不吭。小姨轻手轻脚地推门进来，弯腰帮我掖好被子。紧接着，她在我床头坐了下来，怜爱地抚摸了一下我的面颊。

我一动也不敢动。她摸到了我的满面泪痕，手指微微停了一下。

"我给你念一段我喜欢的书，好吗？"小姨轻轻地问道。她的手指温柔地捋着我的头发，就像在给安妮讲睡前故事一样。

没等我回答，她就自顾自地念了起来。她的声音那么软，像是燕子在梁间的呢喃：

"上善若水，水善利万物而不争。夫唯不争，故无尤。"

我隐约知道这段话的出处，是从《道德经》里来的：至高的品性像水一样，泽被万物而不争名利。因为不争，所以了无烦恼。

"天下莫柔弱于水，而攻坚强者莫之能胜，此乃柔德。故柔之胜刚，弱之胜强坚。因其无有，故能入于无之间。"

我紧紧闭着眼睛，假装什么也听不见。可是那柔软而古朴的抑扬顿挫里有一种安抚的魔力。听着听着，我的情绪居然渐渐缓和了，身体也逐渐放松下来，在床垫里越陷越深。

"大成若缺，其用不弊。大盈若冲，其用不穷。大直若屈，大巧若拙，大辩若讷。静胜躁，寒胜热。清静为天下正。”

最完美的事物好似残缺，但它的作用永不衰竭；最充盈的东西好似空虚，但它的作用永不穷尽。

我的眼皮越来越沉。不知什么时候，小姨轻轻地走出了房间，留下一阵若有若无的馨香。在这艾草的气息中，我陷入了沉沉的梦乡。

18 蜜亚的手段

第二天醒来时，我依然不知道该怎么处理昨晚的闹剧，于是我只能选择逃避。迈克还没起床，我就已经出门了。我没等约瑟夫一起坐校车，而是自己走路去学校，生怕走得晚了，迎面遇上迈克，又添一场尴尬。

走了半天的田埂路，又没吃早饭，等我到了教室，肚子已经饿得咕咕直叫。蜜亚和我一起上历史课，听到我的声音，她惊讶地转头望了我一眼。

“我在节食。”我立刻说道，“我想在夏天来之前瘦五磅。”

她立刻露出一脸理解的样子。“你和我想到一起去了。”她说，“我也想瘦五磅！不然我的腰上这么多赘肉，怎么能在海滩上穿比基尼呢？”

和这群姑娘混久了，我已经听熟了她们的聊天模式。蜜亚的话一出口，我和另外几个姑娘立刻条件反射一样，七嘴八舌地回答她：

“瞧你说的什么话！你已经很瘦了，好不好？”

“你都这么美了！还减什么肥？”

蜜亚从善如流地接受了我们的赞美。

“唉！你们看，门口是不是那个乡巴佬？”

杰奎琳的声音一下子吸引住了我们的注意力。果然，门口的玻璃上隐约露出约瑟夫那顶熟悉的棒球帽。

“他在这里干什么？”杰奎琳嫌恶地皱起鼻子，“鬼鬼祟祟的，真讨厌！”

“他不会在等人吧？”蜜亚的眼睛一转，落在我身上，“难道是在等你？”

我涨红了脸，正要否认，却被老师的“下课”两个字给打断了。教室里一下子乱了起来，我连忙低下头，假装收拾书包，心里只盼望约瑟夫不要过来找我。可我的愿望落空了。他径直从门口向我走来，手里晃荡着一个牛皮纸袋。蜜亚和其他女生站在一边，彼此交换着意味不明的眼神。

约瑟夫肯定也感觉出了气氛的异常，但他装作没有察觉，尽可能用自然的语气说道：

“丹妮，我今天去找你，你已经走了。你小姨叫我把早饭带给你。”

他把纸袋向我伸过来，我却避开了他的目光，没有伸手去接。他的动作顿时尴尬地停在了半空中，一时间进退两难。

时间难熬地流逝着，女生们的窃笑声变响了。约瑟夫的神色先是变得难堪，随后却又固执起来，胳膊直直地向前伸着，等我给他一个回复。

蜜亚略显慵懒的声音响起来了：“乡巴佬，不要妄想了。丹妮跟你不是一路人。”

约瑟夫皱起眉头，冷冷地回答：“我和丹妮说话，关你什么事？”

“你那点心思，谁不知道呢？”蜜亚的声音里有一种冷静的、稳操胜券的恶毒，“丹妮根本就不喜欢你。她都和我们说了，她在中国有男朋友。”

“不止一个。”杰奎琳补充道。

“没错。”梅根用力地点着头。

“但她不会要你的，乡巴佬。”蜜亚说，忽然捏起了嗓子，惟妙惟肖地模仿起了我的口音，“她亲口说过了——她才不会喜欢你这个乡巴佬。”

一瞬间，我感觉所有空气都被挤出了我的肺泡。我徒劳地张开嘴，可我的嗓子里只发出几个粗哑而微弱的音节。约瑟夫转过头来，用一种从未有过的眼神望着我。他用很多种眼神看过我，戏谑的、温暖的、恨铁不成钢的，但是从来不是这样——像是受到了刻骨的背叛，像是所有的愤怒、痛心、冷漠都汇聚到了那一瞥之中。

我知道他在等我解释，可我一个字都说不出来。那些话都是我亲口说过的啊，我该怎么和他解释呢？他等了很久，却只等到我沉默的承认。他的眼神里暗流涌动，所有情绪都沉淀成了深深的失望，比惊涛骇浪更令人胆战心惊。

他抬起手——我以为他要打我了，狠狠地给我一个耳光，因为这是我应得的——但是他没有。我已经紧紧地闭上了眼睛，他却只是把牛皮纸袋摔在了地上。

袋子一瞬间散开了，里面的牛奶盒被摔裂了，乳白色的液体四散飞溅。我不躲不闪地站在原地，让牛奶溅了我一头一脸。似乎只有这样，我才能稍微赎清一点我的罪过。可是他连头都没有回，就从人群中径直跑了出去，一路穿过同学们指指点点的嘲笑声。

“快走吧，下一节课要迟到了。”蜜亚轻快地说，带着其他姑娘说说笑笑地鱼贯而出，刚刚还沸腾的教室瞬间变得空无一人。

万籁俱寂中，我抱住自己的肩膀，缓缓地蹲了下去，把头深深地埋进了膝盖里。

怎么会这样呢？一步一步，怎么沦落到今天这个局面呢？我就像是不受控制的棋子一样，被逼进了退无可退的死胡同。每一个选择都是我亲手做的，每一句话都是我亲口说的，我好努力好努力地想要爬出泥沼，可是为什么呢？为什么会画地为牢？

我到底是哪里做错了？

无论如何，既然做错了，我必须想办法改正，哪怕是亡羊补牢——我抓起书包，踉踉跄跄地跑出了教室。

我要去找约瑟夫——我要和他解释清楚——不，已经没什么好解释的了。我现在要做的是道歉，而不是一味地寻找借口。他是对的，他一直都是对的——蜜亚从来都不是我的朋友。真正的朋友，绝不会用这种方式给我下套，绝不会把我逼进这种狼狈的境地。

我在走廊上漫无目的地奔跑着，像没头苍蝇一样四处乱窜。我知道我跛着脚东奔西跑的样子一定丑极了，可我顾不了

那么多。我找遍了教学楼，却始终找不到约瑟夫的身影。终于，我筋疲力尽地坐在了教学楼前的台阶上，低低地垂着头，让碎发落下来，遮住我的眼睛。

忽然，一只手在我肩膀上拍了一下。

“你坐在这儿干什么呢？”蜜亚甜甜的声音响了起来。我抬起头，不敢置信地瞪着她。经过了刚才的事，她的脸上居然还带着若无其事的笑容：“走啊！饿了吧？跟我们去吃午饭。”

我猛地站了起来，直直地立在她面前。

“你刚才是什么意思？”我冷冷地质问她，“你为什么要说那种话？”

“我说什么了？”她像是早有准备，不慌不忙地反问我，“难道我撒谎了么？那些话，全都是你自己对我们说的！至少我心里没鬼，我想到什么就说什么！敢做不敢当的人，分明是你才对！”

我一时噎住了，半个字都说不出来——蜜亚的话有理有据，竟让我无从辩驳。

“再说了，我也是为你好！”蜜亚占了上风，就显出胜利者的宽宏大量来，语气也随之放软了，“我不是一直说吗？那个乡巴佬不配做你的朋友。好了好了，我知道你心里不痛快。听我说，我们家今晚要开一个派对，你也来参加吧！”

我闷声不响。跟在蜜亚身后的杰奎琳却已经沉不住气，急急地叫了起来：“怎么？蜜亚，你要邀请她吗？”

“这是我的派对。我想邀请谁，就邀请谁。”蜜亚不软不硬地回答。杰奎琳一时语塞，却依然不服气地梗着脖子，小声嘀咕道："可我们说好了，只邀请最酷的……"

我听说过蜜亚的派对。她只邀请学校里名气最大的、最受欢迎的学生们。总而言之，蜜亚的派对就是学校的人气风向标。如今她居然开口邀请我，我确实很意外。蜜亚假装没听见杰奎琳的抱怨，转头向我笑道："怎么样？你也该出来放松一下。你的训练太辛苦了！我们可以玩个通宵。"

通宵？肯定不行，小姨不会放心的。

"我……我不知道。"我迟疑地摇摇头，"呃……谢谢你。但是我家里管得严，应该出不来的。"

"我就知道！"杰奎琳洋洋自得地说，"亚洲家长都这样——神经质，紧张兮兮的。"

往常杰奎琳出言不逊，我也就忍下来了。可我今天情绪本来就不好，顿时拉下了脸。我正想和她毫不客气地撕破脸皮，蜜亚就已经抢先说道："行啦！杰奎琳，少说两句！"

随后，蜜亚又转向我，满怀惋惜地说："那好吧。那么，你早点休息也好。你要注意劳逸结合，照顾好自己。"

她的每个举动都那么善解人意，反倒显得我小肚鸡肠。我一肚子气不知如何发泄，只能将信将疑地保持沉默。见我不出声，蜜亚倒也不生气，朝我亲切地眨眨眼，转身带着一群女生走开了。

我站在原地，满腹疑惑地看着她的背影。她究竟是一个什么样的人呢？她到底是真心对我好，还是以折磨人为乐？爸爸曾经说过：高手下棋，看透两步就是先见之明，看透三步就能

决胜千里。可是在蜜亚面前，我觉得我的全盘底牌都已经被她看透了。

19 救赎

回到家的时候，我的全身都已经麻木了。双腿像灌了铅一样沉，太阳穴也一跳一跳地发疼。我快步走上楼梯，只希望能悄无声息地溜回房间，不用和任何人多说一句话。可小姨在拐角处叫住了我。

“丹妮，你怎么没跟约瑟夫一起回来呢？”她有些惊讶地问。这句话一下子刺痛了我已经麻木的神经。白天的各种闹剧再次涌上心头，我的胃紧紧地绞成一团。

求求你，别再说话了，别再问了。求求你，放过我吧，让我一个人静一静。

我从心底无声而绝望地呐喊着。可是小姨听不到我心里的声音，反而又补上一句：“我让他给你带了早饭。给你煮了鸡蛋，你吃了吗？”

这句话终于成为了压垮我的最后一根稻草。我的情绪终于崩溃了，再也克制不住自己，歇斯底里地喊了起来：

“好了！你能不能别再问了！”

小姨紧紧地抿住了嘴，微微露出受伤的神情。我以为她会开口教训我，但是她却什么都没说，只是定定地看了我一眼。

她的眉眼真像妈妈，略带一点憔悴，和一种母亲所特有的隐忍。

她下楼去了，留我一个人站在原地。我颓然地拖着书包回到房间里，把自己像一个破布袋子一样扔到了床上。

我什么都做不到，什么都做不好。我想放声大哭一场，却连哭的力气都没有了。

我想回家。这里不是我的国，也不是我的家。可是我忽然醒悟过来：我还能回到哪里去呢？就算回国，我的腿已经断了，怀秀不要我了。

严老师放弃我了，楚歌也放弃我了。

迈克、约瑟夫、小姨……谁都不要我了。天下之大，而我退无可退，无处藏身。

就在这浑浑噩噩的痛苦之中，我昏昏沉沉地睡着了。当我醒来时，外面的天已经黑了，整栋房子一片安静。

时钟指着十点，小姨一家已经洗漱休息了。晚饭的时间早就过了，却没人来叫醒我。我摊开双手双脚，毫无生气地躺在床上，在黑暗中盯着天花板。

时间和空间的界限模糊了，浩大的孤独感将我席卷吞没。我像是被整个世界遗忘了。

腹腔里泛起一阵酸涩，饥饿感像一只蛰伏的小兽，用一阵阵的咕噜声吞噬着我的胃。我从床上翻身起来，慢吞吞地走进厨房。在一片黑暗中，冷锅冷灶，寂静无声。

什么吃的也没有。我怀着一点隐约的期望，伸手掀开了锅盖，但是里面空空如也。小姨一定是真的失望了，什么吃的也没留给我。

我紧紧地咬着牙关，一滴眼泪都不肯往下落。忽然，我的脑子里闪过一个念头——

我知道哪里有吃的啊！

蜜亚的派对！

至少还有一个地方对我发出了邀请，至少还有一个地方，灯火通明，欢声笑语，是等着我的。

可是，我还没问过小姨。她不会让我深更半夜跑出去的。我站在门口犹豫着，一回头，却依然是冷锅冷灶的厨房，没有一丝人间烟火的气息。

一种近乎恼怒的情绪慢慢升了起来——我凭什么要听小姨的话？她又不是我的父母！她和迈克，他们有自己的宝贝女儿，有自己的生活——我终究只是个侄女而已，一个残疾的、叛逆的、惹人讨厌的侄女而已。

他们凭什么管我？

我推开了门，走进了茫茫的夜色里。原野上的风吹进我的袖口，在我的脊背上留下一阵春寒料峭的凉意。

沿着大路向西走，从很远的地方就能听到蜜亚家的音乐声，风中还弥漫着一阵阵烧烤的香味。我满怀期望地吸了吸鼻子，一种淡淡的兴奋感在我的身体里舒展开来。这可是全校最酷的派对。这样想一想，我的人生也不算失败，至少我还有一群令人艳羡的朋友。

我用力甩了甩头，把约瑟夫、迈克和小姨都甩在了脑后。他们的正义凛然，在蜜亚家的流光溢彩前，一瞬间显得索然无

味。他们活得又苍白又无趣，有什么资格对我的生活指手画脚?

大门敞开着，一群群醉醺醺的学生走来走去，随着音乐扭动着身体。我走进了屋子，在拥挤的人群中寻找着蜜亚的身影，可是怎么也找不到，只找到了托尼。他的体型太魁梧了，简直像一座移动的小山。我使劲踮着脚，拍了拍他的后背。他正在捞潘趣酒桶里的冰淇淋球，嘴巴塞得鼓鼓囊囊。“我在找蜜亚！”我大声喊道，这样才能盖过音乐的声音，“你知道她在哪吗？”

他急着回答我，一口把冰淇淋咽了下去，结果发出一阵可怕的咳嗽声，呛得满脸通红，费力地指了指天花板。

那么，蜜亚是在楼上了。我转过身，顺着楼梯往上走去。一边走，我一边低头检查着自己的衣服。我是穿过田野，徒步走过来的。千万不能像约瑟夫一样，裤脚沾着泥巴……

二楼明显安静了很多。走廊上有许多个房间，我一面走，一面辨认着门里的声音。终于，我在最后一扇门前停了下来，门里传来蜜亚的笑声，还有其他女生的七嘴八舌。

我紧张地抹平衣角，伸手要推开门。忽然，我清清楚楚地听到门里传来我自己的名字，顿时僵在了原地，一动不动，等着听她们要说什么。

“……幸好丹妮没来！”梅根嘻嘻笑着说，“她还真以为我们想邀请她呢！”

“她来了也好呀！”杰奎琳说，“我们可以叫她一起跳舞，看她瘸着一条腿出丑……蜜亚，你带着她练赛马，不就是为了看她笑话吗？”

我的血液一瞬间僵住了，眼前一阵发黑，几乎下一秒就要晕过去。我想转身逃跑，想要离开这个地方，可是蜜亚轻蔑的笑声在一群嘈杂的讨论中响了起来，让我怎么也挪不动步伐。只听她慢悠悠地说道：

“一个瘸子，还做白日梦呢！”

“丹妮真是一点自知之明都没有，是不是？”梅根啧啧地说。

“我们把她耍得团团转！”杰奎琳得意洋洋地说，“她之前还和那个乡巴佬眉来眼去，我们一逗她，她立刻就和乡巴佬撇清关系了！”

“我第一眼看到她，就知道她鼠目寸光，一点骨气也没有。”蜜亚的声音带着蛇一样冰凉柔软，让我的背上汗毛倒竖，“你们知道吧，我们家之前那个女佣，就是程丹妮这个德性。一脸谄媚，让人受不了……”

她接下来的话淹没在了其他女生的哄笑中，门的那一边顿时充满了快活的空气。我的心脏剧烈地跳动着，似乎下一秒就会凿穿胸腔。我死死地攥着拳头，指甲几乎要划破手心的生命线。有那么一刻，我简直想要冲进屋去，用指甲狠狠地抠着蜜亚的脸，直到她那张虚与委蛇的脸鲜血淋漓——不，只蜜亚一个人还不够，我真希望来一场大地震，让整座小镇都从地图上永远消失，把所有人都压得粉身碎骨，包括我自己——这样，世界上就再也不会有知道我曾经的丑态了。

可是我终究什么都做不了。我颤抖着转过身，跌跌撞撞地

跑出了蜜亚的家。我冲下楼梯，冲上马路，狼狈地往家里跑去。我紧紧握着手电筒，握着黑夜里唯一的光源，在空无一人的田埂上用丑陋的姿态奔跑着，鼻涕眼泪在脸上糊成一团。刚跑了几步，我就失去了平衡，重重地摔在了地上。可我东倒西歪地爬起来，连脸上的泥巴都顾不上擦，就继续向前跑去。我要离开这里，我要回去——

终于，小姨家熟悉的白篱笆隐约出现在我的视线里。我一瘸一拐地走到了篱笆前，双腿再也支持不住自身的重量，扑通一声跌在地上。

手电筒从我手里摔了出去，灯光有气无力地闪了两下，终于消失在黑暗里。我什么都看不见了，意识慢慢恍惚起来。也许我会永远躺在这里，和土地一起腐烂。这个世界上的所有希望都消失了。我再也没有勇气站起来了。

梅根说得对，我真是没有一点自知之明。我为什么不在那个自杀未遂的夜晚就离开这个世界呢？我为什么不能果断一点，把刀子割得再深一点——那样，我就不用忍受这一切的羞辱和痛苦了。我分明就是一个瘸子，却总是心怀妄想，以为自己可以和健全人并驾齐驱。在这个世界眼里，在所有人眼里，我永远都是残缺的。我为什么还要自欺欺人呢？

命运曾经给我一点海市蜃楼的希望，却只不过是像蜜亚一样，让我暴露更多的丑态，以此取乐而已。

我认输了。

我沉默地躺在黑暗中，让意识慢慢离我远去。

忽然，一阵奇异的温热从天而降，抚摸着我的面颊。

柔软，温暖，带着湿润的气息。

像是圣灵的爱抚一样。

我从恍惚中猛然惊醒。周围一片黑暗，我怔怔地躺在地面上，不知道究竟发生了什么。紧接着，我听到了一阵熟悉的窸窸窣窣，闻到了燕麦和马鬃混合在一起的味道。

是罗密欧，是我的罗密欧。在一片无光的黑暗中，在世界所遗忘的角落，它再一次找到了我。

它垂下脖颈，用舌头舔着我的面颊，在我身边绕来绕去，打着小小的响鼻。

它来带我回家了。

我费力地支撑起身子，摸摸索索地抓住罗密欧的马尾巴，让自己从地面上站了起来。它开始往前走了，一步一步，每一步都沉稳而坚定。而我跟在它身后，像一个无助的盲人一样，依靠着它的指引，跌跌撞撞地往前走。

终于，它停住了马蹄。我伸手往前摸，摸到了熟悉的家门。

到家了。

我转过身，紧紧地抱住了罗密欧的脖子，把脸贴在了它的皮毛上。我怎么忘记了呢？这个世界上还有罗密欧啊。在它的眼里，我永远都是健全的。我不用在意自己的缺陷，不用在意自己的肤色，不用在意自己的口音，不用在意自己曾经的种种丑态。我只要做最真实的我自己就好了。

它永远都不会放弃我。

那我呢？我有什么资格放弃我自己？

在纷乱的思绪中，一个场景忽然电光石火般划过我的心头——那是我第一次骑上马的日子。我坐在马背上，离天空那么近，仿佛挣脱了尘世的一切束缚。

“不忘初心。”严老师的声音穿越了光年，在我耳边轻轻地响了起来，“不忘初心，方得始终！”

是啊！我一开始想要的，只是骑马啊！后来的一切痛苦、困扰、迷茫，都来源于我的贪心不足，来源于我的急功近利。我之所以看不透蜜亚的手段，是因为我已经蒙蔽了自己的双眼。我太关注外界的荣誉，太渴望别人的认可，一叶障目，而不见泰山。在一片浮躁中，我已经忘记了我的初心——

我最初只是想骑马而已啊！

隐隐约约地，我又想起了怀秀。这和芭蕾不是一样吗？我最初只是单纯喜欢跳舞而已啊！然后我开始表演，开始比赛。我来到了怀秀，每天忙于勾心斗角，只想着和郑熙一争高下，却忘记了自己真正的目标，最后才会把腿摔断。

我终于明白过来了。现在回头，还有没有补救的机会？

有的，我还有机会。我面前的路还很长。

而且这一次，我有罗密欧陪着我。

一瞬间，我像是得到了莫大的解脱。我用额头抵住罗密欧宽厚的肩膀，像一个新生儿一样，痛痛快快地放声大哭起来。

重归于好

第二天是周六。我依然早早就醒了，悄无声息地走进了厨房里。

厨房和昨晚一模一样，但我没有再费工夫自怜自艾了。我打开了冰箱，有些笨手笨脚地拿出了鸡蛋、牛奶和吐司——

我要给小姨做一顿早餐。

既然之前我做错了，那我就要努力改正。行动总是要胜过言语的。哪怕再笨拙，对方也一定会感受到我的心意。

我把培根放进煎锅，飞溅的小油星落在我的手指上。我连忙捻着耳垂降温，一面从牙缝中吸着气，生怕弄出什么动静。

总算做好了，我把烤焦的面包自己吃掉了，又把小姨、迈克、安妮的盘子分别摆好：鸡蛋吐司，再加上培根。虽然卖相不太好，可是我已经很满意了。随后，我溜出了门外，一路向马厩走去。空气中充斥着潮湿的泥土气息，每一步都会在青色的苔藓上留下一个浅浅的凹印，慢慢被晶莹的露水填满。

日头慢慢升上来了。迈克一踏进马厩，就惊讶地睁大了眼睛。我正满头大汗地蹲在里面，把每一块木板缝隙里的灰尘都洗刷得一干二净，原本灰扑扑的地面也被我擦了又擦。他连着

叫了我两声，我才听见了他的声音，仰起头来望着他，一张脸热得红扑扑的。

“丹妮，你在做什么呢？”他惊讶地问。

“我把罗密欧的马厩刷干净了。”我急急忙忙地说道，“我以后都会帮它刷马厩，也会帮它刷毛、洗澡！我绝不会再偷懒了！”

“可是你的……”他想说什么，又硬生生地打住了。我知道他想说什么，但是我上前一步，认真地望着他的眼睛。

“我知道我的腿不方便。”我恳切地说，“我知道的，我有这个觉悟。别人一个小时能做完的事，我就用两个小时——我可以做得和他们一样好，请你相信我！”

“我知道。”迈克缓慢地说，“我相信你。”

他迟疑了一下，又问道：“可是，你为什么突然有这么大的转变呢？你之前不都是请约瑟夫帮你做这些事吗？”

“之前是我错了……对不起。”我咬咬牙，终于把那句难以启齿的道歉说了出来。这句话一说出口，我的心上就像是卸下了一块大石。

“我现在想明白了，如果我不想被别人看作残废，如果我想赢得别人的尊重，我首先就要像健全的人一样，承担起我的责任来。”一方面享受着特殊照顾，一方面又要求别人平等地对待我。这样的双重标准，怎么能行得通呢？

迈克迷惑的神色散去了。他不声不响地看了我一会儿，眼睛里隐隐露出几分赞许。

“之前的一切都是我的错。是我太虚荣了，忘记了骑马的初衷。”我低着头说道，“我知道我伤害了你和小姨的感情。你们为我付出了那么多，我却一点都不知感恩。我真的非常惭愧。希望你能原谅我，给我一次改正的机会……”

我的声音低下去了。迈克伸出手，轻轻拍了拍我的肩膀。

迈克之后就是约瑟夫了。我努力找机会想跟他和解，约瑟夫却不肯给我这个机会。周一早上，他没有坐校车，而是骑自行车上学了。中午吃饭时，我们在食堂里迎面相遇。我连忙露出一副热情的笑脸，想要和他打招呼，他却紧紧抿着嘴，像是不认识我一样。

我跟在他身后，不屈不挠地想和他搭话。他端着餐盘，头也不回地走在人群中。也许是急于躲避我，他绊了个趔趄，不小心撞到了杰奎琳的肩膀。

“你长没长眼啊？”杰奎琳气急败坏地转过头。约瑟夫板着一张脸，僵硬地说道：“对不起。”

“对不起？对不起就完了？”杰奎琳不依不饶地说。约瑟夫不耐烦了，冷冷地问道：“不然呢？你想怎么样？”

周围的学生都在探头探脑地打量着他们。杰奎琳被约瑟夫的态度搞得下不来台，顿时有些恼羞成怒。“我想怎么样？”她冷笑了一声，“我想怎么样？”

她一面说着，忽然欺身上前，一把将约瑟夫的棒球帽拽了下来。约瑟夫没有防备，一头脏兮兮的短发顿时散露在众人面前。

“还给我！”约瑟夫涨红了脸，伸手去抢自己的帽子。可是杰奎琳只是洋洋得意地笑了起来，她转过身，把帽子扔给了

远处的托尼。

“怎么，你刚才不是还在耍帅么？”杰奎琳毫不留情地嘲笑道，“装什么装？你这个乡巴佬！”

“还给我！还给我！”约瑟夫扑到托尼面前。可是他却跟着杰奎琳一起哈哈大笑，仗着自己身材高大，把帽子拿在手上，像耍猴一样地引着约瑟夫往上跳。他一边戏弄着约瑟夫，一边用眼睛去瞄蜜亚。看到蜜亚的脸上带着默许的笑容，托尼顿时更起劲了，使出了浑身解数。他假装把帽子伸到约瑟夫面前。约瑟夫刚要伸手去拿，托尼那猩猩一样的长手臂却忽然一甩，把帽子又扔给了梅根。

“乡巴佬！”越来越多的人加入了这场闹剧，把约瑟夫团团围在中央，像念咒语一样起劲地喊着，“乡巴佬！”约瑟夫被他们围在中间，像是热锅上的蚂蚁一样，跌跌撞撞，东倒西歪，嘴里还在喊着：“把帽子还给我……”

至于其他的学生呢？他们虽然没有跟着起哄，却也没有人站出来进行制止，一个个都明哲保身地站在远处，指手画脚地看着热闹。约瑟夫毕竟只是一个无足轻重的小卒子，没有人愿意为了他而站到蜜亚和美式足球队的对立面。

“够了！够了！”我大声喊着，可是声音却被人群的起哄声淹没了。我奋不顾身地冲上前去，像头凶悍的小狮子一样挤开人群，把棒球帽抢到手里。

“扔过来呀！丹妮！”蜜亚站在远处向我挥手，以为我也想参与到这个游戏里。她还不知道我在聚会上听到了什么，还不知道我经历了多么痛苦的反省。她以为能像以前一样，随心所欲地操纵我；以为只要略施小惠，就能让我受宠若惊。

我毫不理睬她的呼唤，而是大踏步走到圈子中央，把帽子郑重地放回约瑟夫手中。我的面色苍白，两只眼睛像是要喷出火焰。

“你们够了！”

我凌厉地扫视了一圈周围，人群顿时安静了下来。

“无缘无故地欺负同学，你们觉得有意思吗？你们看看自己，不觉得可耻吗？”

所有人都瞠目结舌地看着我。谁也没料到有人会替约瑟夫出头，更没想到这个人会是一向对蜜亚唯唯诺诺的我。他们纷纷转过头去看蜜亚，等待着她的回应——他们只是盲目起哄的蜂群，蜜亚才是真正的蜂后。她冷冷地看了我一会儿，脸上露出轻蔑的笑：

“闭嘴吧，你这个瘸子。”

她终于撕下了友善的伪装。

“没错，我身上有残疾。”我紧盯着她的眼睛，毫不退让地回答，“但是你和你的帮凶们——你们的心灵都是残疾的！”

说完这句话，我拉紧了约瑟夫的手腕，和他一起快步走出了食堂。走了好远，我才松开了手。约瑟夫的面颊上泛着不自然的红晕。

“你还在生我的气吗？”我小心翼翼地问道，“你现在……原谅我了吗？”

他好整以暇地抱起了胳膊，上下打量了我半天，忽然笑了

起来。那久违的笑容让我心头一热。

“你先和我说话了。”他学着我的口气说，“你输了。”

“我早就想和你说话了。”我诚恳地说，“我一直想找机会向你道歉，你却总是不搭理我。”

“真难得啊。”约瑟夫说，“居然能看到你低头服软的这一天。”

“有些人对我很重要，是值得我低头服软的。”我说。

他的面颊再一次泛红起来，似乎不知道该怎么接我的话。他往常都是巧舌如簧，难得有一次张口结舌的样子。我忽然感到心情很好，于是问他说：

“你明天怎么上学？还骑自行车？”

“我要是骑自行车呢，你能怎么样？”他用眼角斜了我一眼。

“那我就去把你轮胎的气放了。”我胸有成竹地说。

他朝我翻了个白眼，终于还是忍不住，无奈地笑了起来。

“下午有空的话，就来找我玩吧。”我狡黠地说，“罗密欧很想你呢！”

“又想叫我给你扫马厩？”他问。

“你把我们的友谊想得太肤浅了。”我痛心疾首地说，“你问问迈克就知道，我决心要自己干活了，一切亲力亲为。”

约瑟夫满怀意外地看了我一眼，我清了清嗓子，严肃地向他道歉。

“你是我的朋友，不是免费劳力。你之前帮了我那么多，我却又虚荣又自私，一点也不知道感恩。现在我终于明白自己错得有多厉害。真正的朋友，是舍不得使唤对方的。”我把手向他伸出来，“对不起，请你原谅我吧。请你继续当我的朋友，最好的朋友。”

约瑟夫惊讶地瞪了我很久，终于扑哧一声笑了出来：“看不出来，你还真是洗心革面、重新做人了。”

他一面说着，一面把手伸过来，正要和我握手，我却快速和他击了个掌。他有点哭笑不得地看着我，我满脸无辜地瞪回去：“这可都是跟你学的！”

放学以后，我们结伴来到马厩。迈克推着独轮车，把喂马的干草带来了。他从兜里摸出两个苹果，递给我和约瑟夫一人一个。我用力地咬了一口汁水四溢的苹果，罗密欧立刻竖起耳朵，把脸紧紧贴在马厩的铁栏杆上，鼻孔深深呼吸着苹果的清甜气息。

我被它的样子逗得直笑，手里高举着咬了一口的苹果，在罗密欧面前晃呀晃。

“想吃吗，罗密欧？”

它急不可耐地伸出了舌头，我伸手把苹果送到它嘴边。

“就知道你想吃！吃吧，我的好孩子。”

罗密欧的神情顿时变得欢欣鼓舞，舌头一卷就把苹果含进了嘴里，喀嚓喀嚓地咬了起来，咬得满口白沫，还快活地甩着脑袋。我一面咯咯笑着，一面躲闪着它满嘴飞溅的白沫。

约瑟夫坐在砌得四四方方的干草垛上，晃晃荡荡地伸着两条长腿，笑嘻嘻地注视着我和罗密欧。我转头望着他的眼睛，

不知哪儿来的勇气，忽然伸出手，把他的棒球帽摘了下来。

一头脏兮兮的短发顿时露了出来，为了节省剪发的费用，他都是自己剪头发，弄得发型很奇怪，像被狗啃了一样。约瑟夫根本没料到我的举动，一时间睁大了眼睛，茫然无措地看着我。直到下一秒钟，他才反应过来，嘴里下意识地嚷道："还给我！"

"我觉得，你的头发非常好看。"我不管不顾地说，"不管别人说什么，我都觉得你的头发很好看。"

他的身体僵住了。

"那些嘲笑你的人，根本就不在乎你。既然这样，你也不需要在乎他们。"

他低着脑袋，很久都没有出声。我以为他生气了，但他终于把头抬了起来，露出一种哭笑不得的神情。

"我真是拿你没办法。"约瑟夫嘟哝着，"我上辈子是不是欠你的？"

我放声大笑起来，顺手把他的棒球帽挂在了罗密欧的马厩外面，像一个怪模怪样的装饰品。

"那么，你就慢慢还吧。"我愉快地对他说。

约瑟夫没有回答。半晌，他吹起了清越的口哨。曲调很熟悉，是一首传统民谣《天赐恩典》。

迈克推着独轮车走了。马厩里除了我和约瑟夫以外空无一人，敞开的谷仓吹进来一阵原野的风。约瑟夫的口哨声飞扬在安静的旷野上，显得格外纯净而悠长。一种奇异的颤抖涌上我的心头。我在约瑟夫身边坐下，和着他的曲调，轻轻地唱了起来：

Amazing Grace, how sweet the sound.
That saved a wretch like me.
I once was lost but now I'm found,
Was blind but now I see.

天赐恩典，如此甘甜。
我等罪人，竟蒙赦免。
昔我迷失，今归正途，
曾经盲目，重又得见……

在无边的暮色中，白马安详地嚼着干草。我和约瑟夫并肩坐在草垛上。他的头发随风纷飞着，像一团永不熄灭的火焰。

21 悠长夏日

春季学期结束了，我拿到了期末的成绩单。经过了一学年的努力，我终于在英文课上脱离了C，拿到了一个B，急匆匆地跑去跟约瑟夫炫耀。约瑟夫把成绩单上鲜红的C+藏到身后，一本正经地说：

“B有什么了不起呢？你不是中国学生吗？中国学生的记分标准和我们不一样的！A不是优秀，B也不是良好。”

“那你说，我的分数应该怎么算？”我抱起胳膊，饶有兴致地听他胡诌。

“A是Average（平均分），B是Bad（差），所以你拿到的其实是差评啊！”

暑假整整有三个月。刚开始，我还和约瑟夫一人倒提着一根扫帚，骑着各自的马，在田埂上打简易版的马球。到了最后一个月，田野上的日头一天比一天灼人，大剌剌地晒得人后背发烫。我们也没心思骑马了，顶多是懒洋洋地躺在树影里，有一搭没一搭地聊天，躲避着田埂上的酷暑。

我把手枕在脑后，百无聊赖地叹了一口气：

“唉！好想出去骑马啊！”

约瑟夫忽然拍了一下手。

“我知道了！”他兴致勃勃地说，“我们去湖里骑马！”

“湖里？”

我们的草场尽头就有一片浅浅的湖泊。但我瞪大了眼睛，以为约瑟夫在开玩笑。可是他很认真地点了点头：“对，就是去湖里骑马。”

我将信将疑地跟着他走到了湖边。湖泊像一面恬静的镜子，映出半亩天空。透明的湖水中，灯芯草和睡莲轻轻摇曳。我们脱下了鞋袜。约瑟夫扶着我跨上了马背，牵着罗密欧的缰绳，一步一步往水里走去。

我颤颤巍巍地坐在马背上，心里又兴奋又紧张。罗密欧的马蹄踏起一片水花，凉意沁人的湖水拍打着我的脚背。

这种感觉真是太奇妙了，我不由得咧开嘴笑了起来。

“以前每到夏天，我和哥哥们都会来湖里骑马，还会打水仗。”约瑟夫笑嘻嘻地说。他有两个哥哥，如今都上了大学，暑假里忙着打工实习，没工夫再陪小弟弟一起玩了。

湖水慢慢没过了罗密欧的背，我的整个下半身都浸泡在湖泊里。整个马背滑溜溜的，就像是直接骑在水的脊背上一样。罗密欧欢快地甩着鬃毛，甩起一道晶莹的小水滴。

约瑟夫折返到岸边，又骑上了黑珍珠。他的技巧比我娴熟多了。我还颤巍巍地抱着罗密欧的脖子，约瑟夫已经从黑珍珠背上滑下来，和它并排游在水里。

他冲我做着鬼脸，像表演杂技一样在水中打了个后滚翻，

绕到黑珍珠的身后，轻轻抓住它的马尾巴，让它带着自己一起往前游。

我忍不住哈哈大笑起来。水的浮力托举着我，有那么一瞬间，跳舞的感觉又回来了。无拘无束，轻盈起伏。罗密欧打着惬意的响鼻，雪白的马尾像水草一样飘飘摇摇。

游累了，我们就手脚摊开在湿漉漉的沙地上，侧着头眺望远处的田野。两匹马悠闲地卧在芦苇丛里休息。歇够了，我们就嬉笑着再度冲进水里去。我们抓住马的鬃毛，着迷地望着它们矫健的身影在水中起伏。

一黑一白，像两条若隐若现的龙。

黄昏时分，我们湿漉漉地回到家里，脸庞都晒成了紫红色，头发乱七八糟地黏在脸上。可我们依然兴高采烈，有说有笑地沿着田埂往回走。

忽然，风里送来一阵熟悉的呼唤声：

“小妮子——”

我整个人都僵住了，抬起头往远处张望——田埂的尽头站着两个最熟悉最亲切的人影，正在用力地向我挥舞着手臂。

“妈妈——爸爸——”我惊喜交加地大喊了起来，“我在这里——”

我转头看了一眼约瑟夫。他心知肚明地笑了起来，把手伸在我面前，接过了罗密欧的缰绳，朝远处努了努下巴。那意思分明是说：去吧。

我跌跌撞撞地向爸爸妈妈跑了过去：

“爸爸妈妈——我来了——”

他们也难掩激动地向我跑过来，伸开双臂，和我抱成一团。

“你们怎么来啦？”我激动地问，“怎么不提前说——”

“我们只告诉了你小姨，”爸爸乐呵呵地说，“就是想给你一个惊喜！”

妈妈却顾不上寒暄，而是惊诧地扶住了我的肩膀，有些迟疑地问道：

“小妮子，你走路……似乎跟以前不一样了？”

我低头看着自己的双腿——不一样了？我转了个身，迈开腿，大踏步地走了几圈。这次连爸爸也惊讶地瞪大了眼睛：“确实是不一样了！”

的确是不一样了。我的左腿虽然还是很虚弱，可是确实比一年前有力多了。我多走了几圈，这才百分之百地确定了——我确实比一年前走得稳当多了。

“奇迹……是奇迹……”

妈妈喜出望外地啜泣了起来，紧紧抱住我，把头埋进了我湿漉漉的长发里。

22 白马迟暮

一年前，我的诊断书上写的是终身残疾。虽然医生给我普及了一些肌肉复苏训练的知识，但是那些训练非常枯燥，充满了重复性的动作，也不见得会取得什么效果，所以医患双方都不抱什么希望。

谁知歪打正着，由于我长期骑在马背上，背部和腿部肌肉都得到了刺激，和那些复健训练异曲同工。更妙的是，骑马和单调的训练不一样。罗密欧已经成为了我的朋友，和它度过的每一天都是一场激动人心的历险。

就连医生都说我的复原是医学上的奇迹。按目前的趋势看，我很有希望彻底复原，重新拥有健全的生活。得知这个消息的爸爸妈妈简直喜极而泣。

可我心里很清楚这份奇迹应该归功于谁。罗密欧，只有罗密欧。当它在那个窒息般的黑夜里出现时，它就已经是我的奇迹了。

它给了我重生的机会。

到了秋天，气候凉爽起来，我恢复了赛马训练。和一年前的我相比，如今的我已经大不相同。我开始沉下心来，一点点学着去照顾马、尊重马，把它当成和我一样平等的生灵。尽管我腿脚不方便，每一项工作都做得很慢，但我再也不假手于人。

日子一天天过去，我明显感觉到自己和罗密欧越来越亲近了。它每一个步伐的改变，一个扭头，甚至是转动一下耳朵，我都能感受出它情绪的变化。同样地，它也能感觉出我的意图。有时不用我下口令，就会跟着我的心意调整节奏。

那是一种很奇妙的感觉，就像在世界上找到了另一个自己。

训练结束了，我从马鞍上翻下来，无限疼爱地拍了拍罗密欧的脖子，而它也亲昵地低下头，在我胳膊上蹭了蹭发痒的鼻孔

"丹妮，有一件事，我想跟你说。"一片其乐融融的氛围中，迈克忽然正色说道。我有点茫然地抬起头，迎上了他的眼睛。

"我知道你和罗密欧感情很深。你能有今天的成绩，罗密欧功不可没。"他小心地选择着措辞，"但是你要知道一个事实——罗密欧年纪大了。"

"所以呢？"我的心里有了不祥的预感。

"你想继续比赛的话，最好换一匹年轻的马。"迈克说，"罗密欧陪你走进马术的大门。但是换一匹马，你的成绩很可能会更进一步。"

"不，我不想换马！"我下意识地摇着头。安妮正好从屋子里跑了出来。

“我也要骑马！”她蹦蹦跳跳地说，“让我骑！让我骑！”迈克适时地收住了话头，伸手把安妮抱上了马背。

“我刚才提的建议，你再考虑一下吧。”他转过头对我说。我琢磨着迈克的话，心里五味杂陈。

“等我长大了，我也要去比赛！”安妮浑然不觉，自顾自地说道，“我要像姐姐一样！”

迈克哈哈笑着，摸了摸她的脑袋。

安妮对我崇拜极了，总是像小尾巴一样黏在我身后。秋天越来越深了，转眼就到了万圣节。万圣节的一大传统就是雕刻南瓜。安妮的幼儿园要举行“南瓜灯评比”，鼓励小朋友和家长一起动手实践。迈克和小姨都忙于家务，这项工作自然落到了我的头上。

我牵着安妮软软的小手，卷起牛仔裤的裤脚，去田里挑了一个金黄金黄的大南瓜，然后又抱着南瓜回到家，帮安妮掏空里面的南瓜瓤。

“雕什么图案好呢？”安妮问我。我沉思了片刻，指着南瓜问：“你看，它这么黄这么圆，像什么呢？”

“像——像月亮！”安妮拍着手说。

“对，像月亮！”我说，“你还记得姐姐给你讲过的故事吗？嫦娥奔月的故事。”

“记得！记得！”安妮眉开眼笑，“我知道啦！姐姐要帮我在南瓜上雕嫦娥！”

嫦娥……这个难度也太大了。我捂着胸口，稳住心神，循循善诱：“嫦娥不是有一只小玉兔吗？我们在南瓜上雕一只小兔子，好不好？”

在我的百般劝说下，安妮终于放弃了雕嫦娥的念头，决定雕小兔了。我扶着她的手，在南瓜上掏出一只胖墩墩的小兔子，又在南瓜里面点上一支蜡烛，就变成了漂亮的月亮灯。

“姐姐真厉害！”她眼睛亮闪闪地望着我，我的虚荣心顿时得到了极大的满足。

到了晚上，小姨早早地哄着安妮去睡觉了。我正要回屋休息，忽然停住了脚步。外面的天空已经黑了，阴霾的云层间隐隐透出亮光。

“暴风雨恐怕要来了。”迈克忧心忡忡地说。

“那么，我去把罗密欧牵回来。”我说。

每逢晴朗的夜晚，我们都会把罗密欧放到农场上，解开缰绳，让它在大自然的田野间充分放松，踏着风露而眠。夏秋时节常有暴风雨，每逢暴风雨来临，我们就要及时把罗密欧牵回马厩。一是马淋湿皮毛后可能会生病，二是在空旷的田野上，钉入马蹄的金属马蹄铁是绝好的导电体，马很容易成为闪电的目标。

在我们这边，每年都有马被闪电劈死的事情发生。一想到这里，我连忙披上外套，快步走出了房门。

天空上已经飘下来了星星点点的雨滴。我加紧了步伐，一面喊着罗密欧的名字，一面在农场上搜寻着那个米粒般洁白的身影。终于，我在农场的尽头找到了罗密欧。它正和黑珍珠站在一起。

雨转瞬间就变大了，约瑟夫也跑出来牵马，一面对我说：

“这里离我家近，先到我家马厩避一避雨！”

我们加快步伐，跑进了约瑟夫家的马厩。约瑟夫家有三匹马，另两匹都已经被牵回来了。约瑟夫把黑珍珠关进马厩，拿了一条毛巾给我擦脸上的雨水。我们一起坐在马棚的草垛上，透过马厩高处一个四四方方的小窗口看着外面——瓢泼大雨倾盆而下，狂风哗啦啦地吹着玻璃，远处的小树东倒西歪。

“这场雨来得真猛啊。”约瑟夫啧啧地说。

就在这时，一道闪电忽然划破了天际，像火柴一样瞬间点亮了半个黑压压的天空，以及远处教堂顶端的十字架。

那一瞬间的光影有着哥特式的美感。我们都不说话了，痴痴地看着一道又一道闪电划破天空——浩瀚深渊的源泉竟都裂开，天上的水闸都打开了。

一道闪电亮起，马厩里的黑珍珠打着不安的响鼻。我转过头去看它。借着这转瞬即逝的光芒，我忽然看见黑珍珠深色的大眼睛旁边，有一根纯白纯白的眼睫毛。

我的心不可抑制地抽搐了一下。黑珍珠从头至尾依然一身墨色，却被这一根雪白的睫毛出卖了它的衰老——是什么时候发生的事呢？黑珍珠啊，英姿飒爽的黑骏马，也会有老之将至的那一天么？

约瑟夫顺着我的目光看过去，一下子就猜出我在想什么，轻轻地叹了口气：“黑珍珠老了，体力不如以前了。”

“你是幸运的。”我想起了迈克的话，一阵酸楚瞬间涌上了心头，“我永远也不会知道罗密欧什么时候长出第一根白睫毛。”

我知道罗密欧年纪大了，可我永远也不知道它是从哪一天开始衰老的。人可以活到八九十，马的寿命却只有三十年。一想到我的罗密欧有一天也会衰老，甚至会在我眼前死去，我的胸腔里就升起一阵无法言说的痛楚。

不，我不要换马。只要罗密欧还能上场，它就是我唯一的赛马。我要的不是成绩板上冰冷的数字，而是跟罗密欧并肩作战的每一份回忆。它的生命已经开始倒数，我没法替它留住时间的脚步，只能紧紧抓住每一个有限的日子，直到不得不放手的那一刻。

23 残次品

自从我帮约瑟夫出头，我就和蜜亚公开地撕破了脸。我被打入了社交链的冷宫。啦啦队在我的背后发出刺耳的嘲笑，走廊上时不时有人伸出脚来绊我一跤。午餐的时候，只有我和约瑟夫孤零零地坐在一起，其他学生都避之不及。喧嚣的人海中，我们的餐桌像一座孤岛。

这种杀人于无形的冷暴力比热暴力还要可怕。如果是肢体冲突，我还可以用伤痕作为证据上报学校。可是现在，所有疼痛都来源于内伤，我只能默默忍受。万幸的是，我不是孤军奋战，我的身边还有约瑟夫。可是我越忍耐，蜜亚的同伙们就越猖狂，打定主意要把我折磨到崩溃。

每周三，我要和杰奎琳一起上艺术课。基于以前的斗争经验，我小心地挑了一个离她最远的座位。这次的作业是静物油画，每个学生都坐在白色的帆布前，调色盘里盛满了颜料。我专心致志地画着讲台上的葡萄，紫色调得太深，画出来倒像是巧克力豆。忽然，有什么东西拍在了我的背上。我猛地跳了起来，迅速转过头——

我身后站着一个瘦瘦小小的姑娘，披着亚麻色的短发。她叫海蒂，比我低一级，今年刚加入马术队。就在刚才，她把整个调色盘都打翻在我背上，连我的头发都沾上了颜料。她简直不敢看我的眼睛，慌乱地嘟哝着“对不起”。还没等我朝她发难，她就弯腰捡起地上的调色盘，逃也似的跑了。教室的另一头，杰奎琳幸灾乐祸地笑了起来。

想都不用想，就知道这是谁指使的。我把衣服脱下来，原本是浅蓝色的牛仔外套，现在已经多了一大片颜料杂烩。 我咬紧牙关，努力压抑着心中的愤怒，坐回了座位上。

下课了，杰奎琳得意洋洋地笑着，从门口大摇大摆地走了出去。约瑟夫来找我吃午饭，发现我还坐在教室里。“走啊，我都饿坏了。”他浑然不觉地招呼我。我把手中的外套展开给他看。约瑟夫先是一脸惊讶，随即露出了恼火的神情。

“又是她们？真够烦的！”他拿出手绢递给我，又把自己的外套脱下来，“要不，你先穿我的？”

我慢慢地摇了摇头，拿起了手中的画刷：“没关系，我有办法。”

当我和约瑟夫走进餐厅时，马术队的女生齐刷刷地把头转了过来，只有海蒂迟疑地低下了头。杰奎琳笑得最开心，她卖力地手舞足蹈，绘声绘色地重现调料盘的故事。蜜亚端坐在一旁，含笑听着她的汇报。显然，她们都迫不及待地要看我出丑。可是当她们看清我的模样时，脸上的嘲笑像是风干的腊肉一样变了味——

既然衣服已经脏了，我干脆把整件外套都泼上了颜料。我还用约瑟夫的暗花手帕把弄脏的头发包了起来，在脑后低低地

打一个结，活像是一顶海盗头巾。上下一搭配，居然穿出了一种街头涂鸦的艺术风格。两个高年级的男生拎着山地车的头盔从我身边走过，吹了一声赞许的口哨。约瑟夫面色不善地瞪着他们，直到他们把目光移开。

我高高地仰起头，挑衅般地迎上杰奎琳的眼睛。她的表情精彩极了，有惊讶也有气恼，面色一阵红一阵白 。她紧张地瞟了一眼蜜亚，后者的脸上已经风雨欲来。我一阵暗笑，跟着约瑟夫坐下来，从包里掏出午餐袋。沐浴在她们愤恨的眼神中，我感觉身心舒畅，连胃口似乎都变好了。

可是蜜亚的团伙绝不会善罢甘休。吃了一个哑巴亏，她们自然会进行报复。到了周五，马术队的秋季集训开始了，我提心吊胆地走进了马场。令我大为意外的是，我没有听到恶意的嘲笑，也没有受到粗鲁的推搡。所有人只是把我当成空气，鼻孔翘到了天上，打定主意装作看不到我。

我长舒了一口气。如果她们只是无视我的存在，那我还是能应付的。训练结束后，大家排着队给马冲凉。我被挤到最后一个，于是我把罗密欧牵进马厩，先去装备室清洁马嚼子和马鞍。等我走出来的时候，我明显感觉到周围的气氛变了。马术队的姑娘们悄悄用眼角瞄着我，在我背后交头接耳，夹杂着一两声幸灾乐祸的窃笑。

我的心顿时沉了下去——不对劲，有什么东西不对劲。我快步往罗密欧的马厩走，最后几步简直跑了起来——

马厩门敞开着，罗密欧不知所措地站在角落里。在它洁白的身子上，有人用猩红的喷漆喷出了一行恶毒而醒目的大字：

我的眼泪“唰”地一下涌了上来。你们欺负我，我认了！可你们怎么能欺负我的罗密欧？我强忍住屈辱和愤怒，牵住罗密欧的缰绳，把它拉到了长廊上。

“你们够了！你们不觉得自己卑鄙吗？”我大声地喊着，声音在空气中颤抖，“你们这种人，就像阴沟里的耗子一样，真是太恶心了！”

蜜亚抱着胳膊走了出来，身后是她的喽啰们。我猛地冲了上去，直挺挺地站在她面前，眼睛里喷射着怒火。“你凭什么！”我激动地质问她，“凭什么侮辱我的马！”

她的目光落在猩红的大字上，嘴角若有若无地勾了起来：“我没看出有什么不同。”

我紧紧攥着拳头，压抑着抽她一耳光的冲动。我转过身，牵上罗密欧，大步走到了教练的办公室。

“您必须让蜜亚给我一个说法！”我的语气异常激烈，“您也看到了！这是最恶劣的人身攻击！”

教练迟疑地摸着下巴。

“出了这种事，我也很遗憾。”他慢吞吞地说，“但你并没看到蜜亚在罗密欧身上写字，是不是？”

“这还用说吗？”我愤怒地说，“明眼人都知道，这就是蜜亚的指使！”

“没有实际证据，你就不能随意指控人。”教练板起了

脸，“再说了，所有人都针对你，你怎么不想想自己的问题？”

我目瞪口呆地望着教练，被他的蠢话气得无以复加。明明是校园霸凌，他却摆出一副冠冕堂皇的嘴脸，伪善地指责受害者。“你身为教练，怎么能说出这种话？”我大声说，“你跟蜜亚她们根本就是同流合污的，是不是？”

我早该想到的。霍普金斯家给学校捐了那么多马，蜜亚又是马术新星。她就是上房揭瓦，马术队也不敢把她踢出去。而我一无所有，帮着蜜亚踩我是一笔最划算的买卖。教练被我戳穿了，脸色一阵青一阵红，像走马灯一样变着颜色。

“够了，程丹妮！”他咆哮着，“你不尊重教练！从今天起，你被马术队开除了！”

“不！”我大声说道，“你听好！不是我被马术队开除了，而是我开除了马术队！这样一个乌烟瘴气的队伍，根本配不上我！”

说完这句畅快淋漓的话，我翻身上马，发出一声清脆的呼哨，毫无眷恋地跳过了马厩的大门，冲进了无边的暮色里。

最后一名

在美国度过第二个春天后，迈克告诉我：他替我报名了嘉年华的比赛。

“奖金赛？”我惊讶地问，“你确定吗？会不会太早了？”

“一年前的确太早了。”迈克说，“但是现在，你的基础已经很好了。我认为，你完全可以去感受一下奖金赛的氛围。”

我还来不及激动，就想到了一个更加严峻的问题。我的神色一下子萎靡起来，有些犹豫地问迈克：“我在比赛中……会不会遇到蜜亚？”

“也许吧，但你没必要去管她。”迈克说，“这是你自己的比赛，你不需要关心别人跑得怎么样、是否拿名次。那些都不重要。只要你尽了最大的努力，那就够了。”

自从我退出了马术队，我就一心一意地跟着迈克练习。每次跨上马背，我都把全副精力集中在手头的训练上，把蜜亚和她的喽啰们屏蔽在我的脑海之外。当田野的风从我耳边掠过时，学校里的那些烦恼似乎也随之而去了。

可是迈克说什么？他给我报名了比赛？既然要比赛，我就不得不面对蜜亚……

梅根的叔叔是比赛的组织者之一，我要参加的消息顿时在学校里传开了。无论我走到哪里，同学们都冲着我的后背指指点点："那个被马术队开除的小瘸子，她要参加奖金赛了！"

马术队的女生更加肆无忌惮，每次在走廊上迎面相遇，她们都要发出哄笑。"嗨，小瘸子，我们在下赌注，你要不要参加？"杰奎琳大声喊，"我们在赌你上场后多久会从马上摔下来——两分钟？三分钟？"

"奖金赛可不是闹着玩的！"梅根帮腔道，"你会被生吞活剥的！"

"也许你会把右腿也摔断！"杰奎琳恶毒地说，"说不定摔一下，你的两条腿就一样长了！"

"照这么说，你也该去参加比赛。"我毫不客气地回敬道，"说不定摔一下，你的脸还能中看一点。"

杰奎琳一下子被我呛得说不出话，气恼地涨红了脸。几个围观的学生发出了窃笑，却又连忙捂住了嘴，生怕杰奎琳听见。

就在这些明枪暗箭的交锋中，比赛的日子终于来临了。蜜亚戴着那顶标志性的红头盔，骑在地狱火的背上傲睨众人。我们侧身而过的时候，她的嘴角挂着轻蔑的嘲笑。

"你居然还敢出现啊？"她的声音很轻，"你这个残次品。"

尽管我早就知道蜜亚会挑衅，可我的脑袋还是"嗡"地一下响了起来，那排猩红色的大字再次浮现在我眼前。从马厩回家以后，我拿着水管反复给罗密欧冲洗，却怎么也洗不掉。无奈之下，我只能把罗密欧左侧的毛剃掉了。它的身体曾经像新雪一样柔顺洁白，眼下左侧的毛刚刚长出来，参差不齐的毛发下隐隐露出肉色。

那行字让小姨异常愤怒，拉着我要上报学校。可是我拒绝了。我没有实际证据，学校顶多敲打一下蜜亚，根本撼动不了她的根基。也就是因为这样，蜜亚她们才有恃无恐。“我会证明她们是错的。”我坚定地对小姨说，“我会用实力让她们闭嘴。”

眼下，蜜亚旧事重提，我的脸颊一下子热了起来。我知道她的实力在我之上，但是我绝不能在她面前服软。我努力仰起下颌，大声回答道：“对，我就是要比赛！”

说完这句话，我心里一横，又用颤抖的声音补充道：

“而且，我会打败你的！”

话音一落，我就知道自己在虚张声势了。蜜亚明显也知道。她忍不住笑了，歪头看着我，就像在看一个愚蠢的小孩子。

“那么，放马过来吧。”她的声音里带着一种甜甜的轻蔑。

我没法再和她对峙下去了。我大步走回罗密欧身边，翻身上马，紧握缰绳的手微微在颤抖着，说不清是紧张还是气愤，或者两者都有。

“保存体力，不要过早冲刺……”迈克朝我走过来，一面

抓紧最后的时间，唠唠叨叨地嘱咐我，“罗密欧毕竟年龄大了，体力和那些年轻赛马不能比……”

约瑟夫从角落里钻出来，手里拿着一块抹布，对着我的马靴擦了又擦。

然而我的脑子只剩下一片嗡嗡作响，蜜亚的嘲笑在我眼前不断地闪现。我的心跳变快了，腹腔里涌上一阵阵恶心，太阳穴一抽一抽地跳动。我忍住不适的感觉，伸手把迈克和约瑟夫都推开了。

“好了！”我咬着牙关说，“让我静静吧！”

骑师们分别骑着自己的马进入了赛道，我也骑着罗密欧，站在了自己的赛道上。我本来已经做好了心理准备，知道自己一定会输给蜜亚，可是现在不一样了。我俯下身，握住缰绳，感觉自己的每一根头发都绷紧了——

我不能输！

这是一场关乎尊严的比赛！

铃声拉响了，赛道上的闸门打开了，我们驾着马冲了出去。你追我赶，彼此几乎拉不开什么差距。在一群骑手中，我只死死地盯着属于蜜亚的红头盔。那颜色那么鲜艳，像一团燃烧的火苗，在我眼前气焰嚣张地跳跃着、挑衅着。

我们冲入了弯道。蜜亚的身子往前倾——她已经开始加速了，从一群蜂拥的骑手中率先骑出——怎么？她在弯道就开始加速了么？我的大脑已经没法思考了，只知道用力夹紧马镫，拼命地撵在她的后面——

我要追上她！我要超过她！

肾上腺激素带来的兴奋感像浪潮一样冲击着我的大脑。在我的指令下，罗密欧用尽全身的力气向前跑着。我和蜜亚的距离逐渐拉近了，直到并肩而行。然而我继续夹紧马镫，一鼓作气，冲到了蜜亚的前面！

我做到了！我真的超过了蜜亚！

我大口呼吸着迎面刮来的风，享受着专属于领先者的清冽空气。我的前面空无一人，只剩下遥远的终点线——

可是这片刻的喜悦没有持续多久。罗密欧的体力过早透支，速度渐渐减慢。我心急如焚地挥动马鞭，可它的速度却怎么也提不上去。在我身后，马蹄声越来越近——

我惊慌失措地转过头，可是已经太晚了！蜜亚骑着马从我身边驰骋而过。当我们并肩而行的时候，她向我微微侧过头来。她的眼神里，分明有一丝嘲笑，一丝猫捉耗子的光芒——

结束了！

她轻巧地夹紧马背，像一支离弦的箭一样，流星般向前冲去。我用力地抽打着马背，却再也追不上她了——罗密欧的力气已经被过早地耗尽了。两个马身，三个马身，四个马身——我望着她绝尘而去，感受着那种被碾压的绝望——我们的实力差距那样悬殊，无法追赶，无法超越，输赢早就像宿命一样写在了纸上。

我绝望地挥动着马鞭，想要做最后的挣扎，至少不要输得那么难看——可是已经晚了，我的信心已经被蜜亚彻底碾碎了。马能够感受到骑手的失控。最后的直道冲刺最考验骑手对节奏的掌控，而我的节奏已经被大起大落的情绪打乱了。

一匹，两匹，三匹——

所有的骑手都从我身边超了过去。

我输了。我是最后一名。

永不言败

马厩后面有一大堆干草，我扒开干草垛，把自己埋了进去，躲在里面哭了很久。隐隐约约地，我听见约瑟夫在外面走来走去，叫着我的名字。可我实在没力气回答。我只想躲在这里，躲在被人遗忘的角落里，一个人舔自己的伤口。

我的嗓子泛着铁锈味的疼，迷迷糊糊地合着眼睛。不知过了多久，一阵窸窸窣窣的声音响了起来。我猛地从恍惚中惊醒。干草垛被扒开了，一条温热的舌头伸了进来，冲着我劈头盖脸地舔了一口。

是罗密欧，它找到我了。在它面前，我简直没有藏身之所。我把罗密欧的头推开，重新躺回干草垛里。可是它却不依不饶地把头凑了上来，牙齿咬住了我的袖子，使劲把我往外拽。

“走开，罗密欧，我现在没心情玩——”

但它像是铁了心，拔河一样拽着我。我被它拽得一个趔趄，只能勉强站起身来，看它要把我带到哪里去。它一路扯着我的袖子，把我扯到了挂着缰绳和辔头的地方。紧接着，它终于松开了我的衣服，拿鼻子去蹭墙上的缰绳。

每次训练结束，我把缰绳松开以后，罗密欧都欢蹦乱跳，迫不及待地享受着自由。可是今天，它却固执地伸着脖子，反复蹭着墙上的缰绳。

它是要我上马训练啊！

我的眼眶一阵发烫，但我摇了摇头，转身往相反的地方走去："不，今天不训练了。我心里难受。"

它再次咬住了我的袖子。我挣了几下，没能挣开，泪水终于不争气地流了下来。

"丹妮。"迈克的声音从门外传来。我转过头，他正坐在马厩外的台阶上，烟斗像萤火虫一样忽明忽灭。

他把烟斗在地上磕了磕，拍了拍身边的台阶。

"过来，丹妮。我给你讲个故事。"迈克说。罗密欧像是听懂了一样，松开了我的袖子。我走到迈克身边，坐了下来。

"我像你这么大的时候，也喜欢赛马，是一个初出茅庐的骑手。可是后来，我的个头儿长得太高了。你也看到了，大多数骑手都身材小巧：一是个头儿矮，重心低；二是重量轻，能减轻马的负担。"迈克缓慢地说，"他们说我不适合赛马，于是我就相信了。我放弃了赛马这项运动。"

"可是现在我看到了你。"他说，"尽管遭受了常人难以想象的挫折，你却一直坚持到了现在。每次看到你，我都在心里想：如果当时我坚持骑下去，会是什么样子？"

我低着头，没有回答。

"我永远也不会知道答案，因为我放弃了，我认输了。"迈克说，"别人还没有打败我，我就被自己打败了。告诉我，丹妮——你最大的对手是谁？是蜜亚吗？”

我迟疑地摇了摇头。

“你最大的，也是唯一的对手，只有你自己。”他语重心长地说，“不要被自己打败，丹妮。”

“我不会的。”我抬起头，迎上了迈克的眼睛，“我从一开始就没打算要认输。跑了最后一名，我的确心里难受，可是等我哭够了，把眼泪擦完了，我会回到马背上的。”

迈克微微地笑了。

“这才是我的好孩子。”他说。

罗密欧欢快地打了个响鼻，迫不及待地把头凑了上来。然后，它又几步迈到缰绳前，来回打着转转。

“看来，它是一定要你上马呢！”迈克忍俊不禁地说。

“它今天怎么这么固执呢？”我惊愕地问。迈克终于笑了起来。

“我猜，它是跑了最后一名，好胜心被激起来了。”他若有所思地挠着下巴，“以前咱们都是单独训练的，今天还是第一次跟其他的马比赛。也许罗密欧就是那种遇强则强的马，越是受到挫折，它的劲头反而越足——”

他转过头来看着我，笑了笑：“它还真是像你呢，丹妮。”

我的心中忽然一热，跑过去拿起了缰绳：“走，罗密欧！”

我们来到了原野上。天色有些暗了，夜幕带着水一样的凉

意，可是我的血液却滚烫地流动着。莳萝微微摇曳，空气中有淡淡的甜味，带着黑麦茶的气息。我翻身上马，附在罗密欧的耳朵边，轻声说道：

“跑吧，罗密欧！”

不用我再说第二遍，甚至不用我扬起马鞭，罗密欧就跑了起来，马蹄踏破夜色，像一颗呼啸而过的流星。风声打耳而过，一切都不存在了，只有我和我的罗密欧。

跑吧！广阔的天地没有界限！

第二天，我照常走进学校。站在西班牙语的教室前，我分明听到了一阵喧哗，其中夹杂着我和蜜亚的名字，杰奎琳的笑声格外刺耳。我深呼吸一口气，猛地推开了门，教室里一下子安静了下来。

我径直往自己的座位上走去。所有人都一眨不眨地注视着我，像是一群动物园的游客。杰奎琳打破了这片寂静。她几步跑到了讲台上，清了清嗓子大声说道：

“大家想必都听说了，昨天有一场激动人心的马术比赛！”

我充耳不闻，拉开椅子自顾自地坐下。杰奎琳觉得有点没意思，把声音提高了一个八度：“程丹妮，鉴于你的出色表现，我们打算给你颁一个冠军奖！”

她变戏法似的从身后拿出一个纸糊的奖牌：“给你量身打造的——倒数冠军奖！”

没有人接话，只有几个马术队的女生捧场地干笑了几声。杰奎琳的手举在空中，一时间有些尴尬。我抬头看了她一眼，忽然微微一笑。

“好。这个称号，我接了。”

我站起身，一步一步向杰奎琳走去，直到站在她面前。

“从今往后，我永远不会倒退。每进一名，都是向前走。”我一字一句地说，“我没有什么可失去的，所以我不怕输。”

我的神色很平静，可是杰奎琳却有了一瞬间的慌乱。

“这个称号，我接了。但是你做的奖牌，我不要。”我慢慢地说，“我嫌脏。”

我转过身，大步回到了座位上。杰奎琳的脸涨成了气恼的猪肝色。全班一片寂静，连她的队友都没有帮腔。

第二场比赛很快就到了。热身的时候，蜜亚从我身边策马而过，甚至懒得看我一眼。对她来说，我的存在没什么区别，只不过是添了一个被她打败的数字而已。

迈克走到我身旁，对我做最后的嘱咐。

“别紧张，掌握好自己的节奏。”他说，“别让蜜亚，或者任何人，干扰到你。这是属于你的比赛。”

我点点头，朝他微微一笑：“放心吧。”

铃声打响了，我们冲出了闸门。跑到八分之一英里时，有两匹马在胶着中把马蹄缠在了一起。它们的时速都达到了三十五英里，简直像是两辆小汽车相撞在路上。在一阵轰然巨响中，马背上的两个骑师一前一后地滚到地上，抱头躲避着马

蹄的踩踏。

我心有余悸地避开了他们，小心地选择自己的路线，继续向前跑去。进入了弯道，骑手们变得拥挤不堪。每个人都想突破重围，杀到最前面。在一群熙熙攘攘的骑手中，我一面提防着其他骑手，一面紧紧地追着蜜亚的红头盔。

我要追上她！

跑过了弯道，我们进入了最后的直道，场地一下子开阔了。

“跑啊！罗密欧！”

像风一样，像水一样，像闪电一样——跑吧，罗密欧！

罗密欧的每一块肌肉都绷紧了，两个耳朵向后转，全神贯注地向前冲去。它紧紧地撵着蜜亚的马，像一条甩不掉的影子——它的求胜心已经被激起来了。蜜亚的马是跑惯了头名的，它的眼前空无一物。可是罗密欧不一样，它的眼前有一个明确的目标，像火焰一样跳跃灼烧。

追上她！

蜜亚听到了马蹄声，短暂地回头看了我一眼。我看不清她的表情，可我知道她的内心一定翻起了波澜——往常到了直道冲刺的时候，她已经把其他骑手甩下一大截了。可是这一次，我却紧紧地跟在她后面，就像一块黏人的牛皮糖。

她扬起马鞭，用力地抽打着自己的马。她一定是慌了，至少也是动摇了。但是我夹紧马背，驾驭着罗密欧，把她勉强拉开的距离再次逼近了。

冲啊！终点线就在前方！

在高度胶着的状态下，我们几乎同时冲过了终点线。裁判调出影像资料，仔细检查到底是谁第一个撞线。蜜亚却已经从马背上跳了下来，铁青着脸走到一旁。

结果出来了，第一个撞线的还是蜜亚，领先了罗密欧两个马鼻的微弱优势。我接过亚军的红绶带，把它别在了罗密欧的辔头上。

“好孩子，好孩子。”我一遍一遍地重复道，“你真棒，棒极了！”

迈克和约瑟夫都围在了我的身边，不住地拍着罗密欧的脖子。罗密欧神气十足地仰着头。它不知道自己输了两个马鼻。在它的心目中，它已经赢了，是一匹实至名归的冠军马。我咧嘴笑着，低头爱抚着它的长鬃毛。

“你跑得真好。”我轻声说，“下一次，我们会比这次更快！我们会彻底打败蜜亚，让她输得心服口服！”

裁判席上念着蜜亚的名字，可是蜜亚已经不见了。“她已经走了？”裁判为难地左顾右盼，“可她还没拿绶带——”

“我给她送过去！”我自告奋勇地说，“反正她家和我家顺路。”

“你干吗这么好心？”约瑟夫皱着眉问。

我当然是有私心的。我想当面把蜜亚的蓝绶带交给她，看看她到底是什么表情，还能不能摆出那副不可一世的样子。一想到这里，我的心底不由得升起了恶作剧般的快乐。

顺着田埂路，我哼着小曲，来到了蜜亚的家。他们家的房子依然那么气派，篱笆尽头有一排排整齐俨然的马厩。我正要

走上前，忽然看见蜜亚和一个西装革履的中年男人站在院子里。

那个男人我认识的。他是霍普金斯先生，蜜亚的爸爸。他的神情非常冷漠，张开薄薄的嘴唇，一句话顺着风飘到了我的耳朵里：

“只赢了两个马鼻，你还不如从马背上摔下去。”

26 霍普金斯先生

他们只顾着自己说话，根本没有注意到我。我一时间怔住了，把身体藏到篱笆后，屏住了呼吸，连大气也不敢出。

“爸爸……”蜜亚小心地张开嘴，似乎是想要辩解，却又把后面的话生生咽了回去。

“被那个中国小瘸子撵得只剩两个马鼻，你还有没有一点羞耻心？”霍普金斯先生的语气那么冰冷，让人脊背上一阵阵发寒，“我们家要培养的是世界冠军。在这么个小破镇子上，你都不能压倒性取胜，将来还能有什么出息？”

蜜亚的脑袋深深地垂下去，脚尖使劲点在地上，一句话也不说。她的背影看上去那样单薄，略宽的衣摆在风中微微颤抖。

“这种事不允许再发生了。下一场比赛，证明给我看：你到底有没有资格当霍普金斯家的女儿。”

霍普金斯先生进屋去了，只剩下蜜亚站在原地。我的心里顿时五味杂陈，之前那种想要示威的念头早已烟消云散。本想悄无声息地溜走，我却一不小心踩到了身后的石头，顿时打了个趔趄。循着声音，蜜亚敏感地把头转了过来，眼睛里还有一

点来不及拭去的泪光。

“是你！”她的神情先是惊愕，然后就转化成了莫大的恼怒，“你在这里干什么？你在跟踪我？还是在打探消息？”

“不，不是的。”我尴尬地解释道，“你忘了拿绶带——我给你送过来了——”

一面说着，我一面把手摊开，把那枚蓝绶带递到蜜亚面前。她猛地抓起那枚绶带，用力攥成一团，然后甩手扔到了篱笆外。

她摔门进去了。我站在原地，双手缓缓地垂了下来。我依然不会原谅蜜亚对我做的一切，但我忽然看到了她不为人知的一面。我看到了她隐藏在光鲜面具背后的脆弱和恐惧。她不再是一个不可战胜的邪恶势力，而是一个有血有肉、有痛有泪的凡人。

当天晚上，小姨使出了浑身解数，烧了一桌子中西结合的好菜：配着蓝纹奶酪的布法罗鸡翅；油滋滋的培根里卷着金针菇；塞满了土豆、豌豆和肉馅的牧羊人派，佐以浓郁的肉汁；锡纸里包着滋滋作响的蒜蓉烤茄子；甜点是小姨自制的双皮奶，还有加了蛋黄和红糖的山核桃派。约瑟夫吃完一盘还要一盘，把腮帮子塞得鼓鼓的。小姨看着约瑟夫这么捧场，露出了喜滋滋的神情。“慢点吃！”她说，“有的是呢！”

迈克也喝了不少葡萄酒，整个脸庞红彤彤的，笑嘻嘻地看着我们。

“好了，好了。”他用叉子敲着玻璃杯，清了清嗓子，“作为教练，我不得不说一点扫兴的话了。”

我们都安静下来，认真地听迈克说话。

“丹妮，你今天骑得很好。我必须承认，简直无可挑剔。”

约瑟夫用胳膊肘捅了捅我。我们都咧开嘴，有点傻气地笑了起来。

“但是，”迈克严肃地说，“你同时也得明白，你今天以两个马鼻的劣势输给蜜亚，其实有很大的运气成分在里面。首先，蜜亚太轻敌了。这个小镇上没什么同龄人能与她抗衡，对她来说其实不是件好事。她松懈了。和去年相比，今年的她并没有明显的进步。现在她感受到你的威胁了，她不会再小看你。”

“其次，”他继续说道，“其他骑师也会把你当作威胁。以前他们没有把你放在眼里。比赛的时候，他们只顾得和别人纠缠，反而让你钻出了包围圈。但是现在你已经引起了他们的注意，他们会想方设法地阻挠你的。”

“想要成为真正的冠军，你还有很长的路要走。”迈克总结道，有些忧心忡忡地望着我。我的神情凝重起来，缓缓地朝他点了点头。

迈克说得没错。在秋天的几场比赛里，果然有骑师开始针对我了。他们紧紧贴住罗密欧，蓄意阻挡我的前进，甚至把马头别到罗密欧前面，让我难以冲到前面。一旦陷入了落后的马群，我就很难突出重围冲到前面。

蜜亚又赢得了几场比赛的胜利，而我的表现却时起时落——有时第三名，有时第六名，各种颜色的绶带集了一大

把，却再也没能回到当时两个马鼻的微小差距。

开春的比赛中，又有骑师故技重施，紧紧地缠着罗密欧。罗密欧被逼得连连后退，发出一声马嘶，勉强才稳住了平衡。它的前后蹄撞在一起时，我分明听到了一声脆响——

马蹄是马最脆弱的地方，稍有不慎就可能造成无法逆转的伤害。旁边的骑师也听到了，可是他不以为耻，反而露出了一张自鸣得意的笑脸。

他是故意的。

我的脑袋“轰”的一声炸开了，根本来不及思索，身体就自动做出了反应——我高高举起马鞭，朝着对方的马屁股狠狠打去。别的骑师习惯了我的忍让，根本没想到我会进行反击。被抽中的马顿时一惊，打了几个趔趄，一下子被我甩到了后面。

“机会来了！”我冲罗密欧喊道，“跑吧！好孩子！”

终于摆脱了缠人的苍蝇，罗密欧仿佛也出了一口浊气。它畅快地舒展四蹄，载着我一路冲到了前面。之前的场景又重现了，我紧紧地撵着蜜亚的马，和她几乎是同时冲过了终点——

这一次，我依然是亚军，蜜亚的马领先了我半截马颈。我忽然想起了上次偷听到的谈话，连忙抬头向远处看。果然，霍普金斯先生正站在不远处，紧紧抿着嘴唇，看上去像只满脸阴霾的老鹰。蜜亚慢吞吞地向自己的父亲走去，脑袋微微垂着，完全看不出一个胜利者的喜悦。

也许是感受到了我的注视，霍普金斯先生猛地转过脸，冷冷地和我对视。他的眼睛和蜜亚像极了——同样的轻蔑，同样的冷漠，只是多了一份狠戾。

从他的眼神中，我读出了一种危险的威胁成分——

他绝不会善罢甘休的。为了达到目的，他会不择手段。

27 赌上荣誉的决赛

“我觉得，我应该溜进霍普金斯家，帮你侦察侦察敌情。”

约瑟夫揪着自己下巴上的青春痘，若有所思地说。我有点好笑地抬起头，拿着笔狠狠敲了一下他的手。

“好好写你的申请文书吧！”

夏天过后，我和约瑟夫迎来了高中的最后一年。对应届的毕业生来说，这是非常关键的一年。在这一年里，我们要准备各种材料，提交大学申请。除了学校的功课外，我的马术训练也丝毫不敢松懈。我和蜜亚都虎视眈眈地盯着开春的赛马盛会——这次比赛和之前嘉年华的小打小闹完全不同了。这场比赛的结果，直接关乎大学的奖学金。

据学校的传闻说，霍普金斯先生换掉了蜜亚常骑的“地狱火”，花重金买了一匹新的纯血赛马。它的父母都是大名鼎鼎的比赛冠军，冲线的样子就像闪电击中冷杉。除了换马以外，霍普金斯先生的指导方针也变了。以前，蜜亚总是疲于奔命地参加一场又一场的比赛，现在她却不再抛头露面了，一放学就赶回家里，在自家的场地接受父亲的特训。

“他不让蜜亚出来比赛了，是在筹划一个大阴谋呢！”约瑟夫摆出一副很聪明的样子，“霍普金斯不想让你看穿他的战术！”

“随他去呗。”我说。

“我们不能坐以待毙！”约瑟夫建议道，一副唯恐天下不乱的样子，“眼下正是关键时刻，我们要洞悉敌人的战术，才能占据主动！”

“静胜躁，寒胜热，清静为天下正。”我用食指点了点太阳穴，“无为胜有为，懂不懂？”

“说人话，行不行？”约瑟夫翻着白眼问。

比起蜜亚的行踪，我更关心的是罗密欧。它的表现依然很好，精神头十足，却掩盖不住苍老的迹象。我每天都花很多时间给它刷背，帮它按摩肌肉。训练时，罗密欧要戴马嚼子。马嚼子是一根冰冷刚硬的金属条，有手指那么粗。我每次都先用手心把马嚼子搓热，再小心地放进罗密欧嘴里，尽可能让它咬起来舒服一点。

我每天都想着法子给它改善伙食：掺着熟亚麻籽的热麸皮糊，还有轧得细细的燕麦和青草。可是无论我怎么喂，罗密欧依然瘦了，眼白的颜色比以前更浑浊。系马鞍的时候，皮带留出来的孔更多了。当它垂头在农场上吃草时，它的肩骨显得那么突出，随着重心的变化在皮毛下平滑地移动着。我抚摸着它凹陷的皮毛，心里像是有细小的针在扎着。

比赛的日期一天天接近了，整个学校都沉浸在骚动的情绪里。学生们不敢对蜜亚指指点点，就在我的背后窃窃私语。我

一回头，他们又假装什么都没发生过，装模作样地把脸转向一边。

还剩一周的时候，当我一如既往地打开学校的储物柜，我忽然愣住了——

我的储物柜像是被洗劫了一样。书本被撕碎，零散的纸页落在地上；牛奶盒被挤破了，所有东西都黏糊成一片；柜门里面被人用彩漆涂得乱七八糟，几个大字触目惊心——

残次品

又是她们。又是她们。我的身后传来一阵嬉笑。我迅速地转过头，看见了那群趾高气扬的金发姑娘们，为首的蜜亚笑得格外得意。我知道罪犯是她们，可我拿她们毫无办法。我只能笔直地挺着脊梁，沉默不语地收拾着自己的储物柜。走廊上的其他学生目睹了这一切，却和以前一样，没人敢站出来说一句话。

吃午饭的时候，我把这件事告诉了约瑟夫，他气得拍着桌子跳了起来："我也去把她们的储物柜砸了！"

"不行。"我按住他的肩膀，"那样只会降低到和她们一样的层次。"

"你倒是高风亮节，可她们才不会这么想呢！"约瑟夫抱怨道，"她们只会以为你是害怕了，不得不忍气吞声。"

"她们爱怎么想，是她们的事。"我说。

约瑟夫不服气地瞪着我，似乎还想反驳，一个亚麻色头发的小女孩却走到了我的桌边，把一个苹果摸摸索索地塞到了我的手里。

这个姑娘看上去有点面熟，但我一时想不起她叫什么。我有点惊讶地望着她，只听她快速地对我说道："你可能不记得我了，但我欠你一句对不起……丹妮，我觉得你很勇敢。"

说完这句话，她像是怕被人听见一样，左右看了看，快步走开了。我大为意外地望着这个姑娘的背影，又低头看看手中的苹果。忽然，我想起来了——那个女孩子是马术队的海蒂啊。她长高了一些，青涩的五官长开了，带着一点以前没有的坚定。

约瑟夫咧嘴笑了。

"你知道吗？你现在有点名气呢。"他嬉皮笑脸地说，"不少学生在议论你，说你是蜜亚的死对头。"

"我没想和谁作对。"我说，"我只想做好自己的事。"

"我知道，我知道，你简直是道德模范。"约瑟夫举起双手，做出投降的样子，"但是你已经成为一个标志性的人物了。事实上，我觉得不少学生都在暗暗崇拜你。"

"崇拜我？"我像是听到了一个笑话，"我有什么好崇拜的？"

"丹妮，你还没意识到，你在做一件多么了不起的事吗？"约瑟夫的语气变得很柔和，"这不是你一个人的比赛。你不是孤身奋战，而是在为许多人而战。你看到安妮了吗？她已经以你为榜样了。就是因为有你，她才会这么努力地练习马术。"

我依然有些困惑地看着约瑟夫，他徐徐地微笑着："想想看吧，丹妮。也许有一个亚裔少女，和你一样热爱赛马，却因为肤色而受到歧视，觉得马术是属于白人的运动；也许有一个残疾的孩子，想要骑上马背，却遭到别人的嘲笑，觉得自己是痴心妄想；也许有一个受到校园暴力的学生，想要奋起反击，却被学校的核心成员排挤……"

"如果你赢了蜜亚，"他说，"你的胜利不只是你一个人的，而是属于他们所有人。你会给所有人都带来希望。"

约瑟夫是对的。越来越多的人开始向我表示无声的支持。很多从没说过话的同学会朝我微笑，或者拍拍我的背："祝你好运，丹妮。"

有人撕我的书，就有人主动帮我粘起来。有人破坏我的储物柜，就有人自发地帮我收拾。学校里仿佛有一股暗中涌动的洋流，默默地和蜜亚的势力做着对抗。受够了欺压的学生们终于团结起来，沉默地、满怀尊严地、夺回属于自己的权利。

渐渐地，一贯耀武扬威的马术队员们也意识到了什么。她们变得收敛多了，不但不再找我麻烦，也不在学校里随意欺负别人了。

正义总会到来的，也许会晚一些，但是绝对不会缺席。

时针飞速转动。在万众瞩目中，决战的那一天终于来到了。全家都整装上阵，小姨戴上了最漂亮的帽子，迈克把安妮高高举在头顶。到了赛场，我才发现自己从没见过这么多的观众，大半个学校的人都来看比赛了。赛马们纷纷甩着响鼻，空气中到处都弥漫着兴奋和不安的情绪。今天是至关重要的一天。那么多个日夜的训练，决胜就在今朝！

整个赛场外都是黑压压的人群，就像是湖水把厚重的水草冲刷到了岸边，中间留出一块浅色的场地。简易的木质看台发出不堪重负的呻吟，小贩在人群中挤进挤出，叫卖着黄油爆米花和冰镇啤酒。

那些熟悉的面孔兴奋地谈着、笑着、闹着。而我的耳膜像是一台信号不好的收音机，阵阵声浪忽大忽小，隐隐有些眩晕。明明只有几步之隔，我却觉得自己离观众格外遥远，仿佛他们生活在另一个世界的维度。我深深地呼吸着，平复自己的心情，伸手抱住了罗密欧的脖子。它的皮毛一如既往地宽厚而温暖，脉搏稳健地起伏着。

不用怕。只要有罗密欧在，我就什么都不用害怕。

裁判指挥我们各自就位。我弯下腰，像一张蓄势待发的弓——

铃声响了。

蜜亚率先冲出了闸门。今天的她有点反常，一上来就领跑在最前面。我夹紧马背，紧跟其后——难道这就是蜜亚这段时间的特训成果？

不管怎么样，我必须要跟上她。一旦被她甩开，就很难再拉近我们之间的距离了。可是蜜亚跑得也太快了，这样追下去，到了直道冲刺的时候，罗密欧的力气就会被耗光了。

很快，我和蜜亚就冲出了其他骑手的包围圈，遥遥领先地跑在最前面。观众们的欢呼一浪高过一浪，所有的目光都集中在我们身上。

就在这个时候，蜜亚再次加速了！

怎么会这样呢？她难道不怕自己的马会耗尽体力吗？我的心中惊疑不定，可是我没那么多时间思考了——我再度夹紧马背，紧紧撵上蜜亚。尽管罗密欧会累，但是蜜亚的马也一定会累。我咬咬牙，下定决心，盯紧了她的红头盔，全速向前冲去。

终于，我赶到了最前面，紧紧别住了蜜亚。

我超过她了！可是，未免也有些太轻松了——

我的心底忽然升起一阵不祥的预感，转过头，向旁边的骑手看去。只看了一眼，我全身的血液就僵住了——

这不是蜜亚！不是蜜亚！尽管护目镜和头盔挡住了大半张脸，我还是一眼就认出来了，这个骑手不是蜜亚！

电光石火之间，我忽然醒悟过来——这一定是霍普金斯先生的战术！他买通了另一个骑师，让那个人戴上了蜜亚的红头盔。

他太了解我了！

他知道我一定会竭尽全力，紧紧追着这顶红头盔的！

难怪红头盔在弯道就跑得那么快，难怪我能够一举超过他——这是霍普金斯的战术啊！他要的就是提前消耗我的体力，让我再也没法进行冲刺！

在我身后，熟悉的马蹄声响了起来。真正的蜜亚戴着一顶不起眼的黑头盔，从我身边闪电一样掠过——罗密欧的体力已经消耗完了，而她的冲刺才刚刚开始！

半个马身，一个马身，两个马身——蜜亚恢复了她所向披靡的速度，箭一般朝终点线奔去。而我只能眼睁睁地看着她绝尘而去，彼此之间的距离越落越远。

“求求你了，罗密欧。”我感觉自己被恐慌包围了，呼吸急促起来，祈求地念着罗密欧的名字，“求求你，我的好孩子，跑快一点——再跑快一点——”

可是连我也知道这是不可能的——罗密欧已经用光了力气。它不可能再把速度提上去了。但是就在这一刻，我感受到了罗密欧肌肉的变化——

它居然再一次把速度提起来了！

它的嘴角溢出血红色的泡沫，双眼睁得目眦尽裂，却用毁灭般的力气拉开了四腿，一步一步，把速度提起来了！

它是一匹永不服输的马啊！老骥伏枥，志在千里！

两个马身，一个马身，半个马身——奇迹发生了，我和蜜亚之间的距离逐渐缩小。终于，我再一次和她并驾齐驱。

马蹄扬起自由的风和尘埃。我离飞翔那么近，似乎下一秒就会乘风而去。

“啊——”

我放声大喊起来，身子用力前倾，和罗密欧一齐往终点线上撞去！

28 圆满的大结局

我赢了。

随着一阵地动天摇的欢呼，观众们纷纷向我涌来。在一片喧嚣中，裁判大声地喊着我的名字：

“第一名，丹妮·程！”

一切都像梦境一样美好。我恍惚地看着四周——我赢了！我赢了啊！为了这一刻，我已经等待了太久。但是当它真正来临时，我的心里却没有大起大落的激动，有的只是一种奇异而平静的欣慰。

那么多个汗水淋漓的日夜，终于在这一刻回报了我。

有人把一枚蓝绶带塞到我手里。蓝绶带啊，象征冠军的蓝绶带！它蓝得那么纯净，像是手心里握着海阔天空。

约瑟夫和安妮大声喊着我的名字，小姨激动地抽泣了起来，迈克紧紧搂住她的肩膀。涌动的人群围在我的身边，每一张脸都喜气洋洋，每一张嘴都在大声地说着：

“祝贺你，丹妮！”

“祝贺你，年轻的女士！”一位穿着西装套裙的干练妇人向我走来，握了握我的手，“我是南加大招生办的代表。你刚刚的表现真是精彩极了！不知道你有没有意愿申请我们学校？我们学校非常乐意为你提供一份体育奖学金——”

我简直说不出话来，只能一个劲儿地点头。南加大的招生官走了，我却忽然想起了我的竞争对手，急忙在人群中搜索起来——蜜亚呢？蜜亚在哪里？

终于，我在赛场外面看到了她。不出所料，她正低着头站在霍普金斯先生面前，竭力忍受着他的暴跳如雷。

“你真是一个彻头彻尾的窝囊废。”霍普金斯先生面色铁青地说，“你玷污了霍普金斯这个姓氏——”

“不。”蜜亚忽然说道。霍普金斯先生根本没料到蜜亚会反抗自己的权威，不敢置信地摸了摸耳朵。

“你说什么？”

“我说不！”蜜亚把头抬了起来。她的声音有些颤抖，却毫不退让：“你说得不对！我不是一个窝囊废！我的确是输了，但是玷污霍普金斯这个姓氏的人不是我！我的一切，都是按照你的教导做的！”

霍普金斯先生愣愣地望着蜜亚，似乎不认识自己的女儿了。

“我认为，你没有资格再做我的教练了。”蜜亚露出破釜沉舟的表情，大声朝他说道。霍普金斯先生还没来得及暴跳如雷，她就转过身，大步流星地走远了。

我心情复杂地目睹着这一切。蜜亚终于开始反抗她的父亲了——这对她也许是一种解脱，也许会让她在一意孤行的道路上越走越远，但那都与我无关。高中生活结束了。我和蜜亚这

些年来的纠葛，总算能画上一个句点。

观众席上的人群缓缓散去。在温柔的暮色里，我和家人一同踏上了回家的路。站在马厩前，约瑟夫踮着脚，帮我把手中的蓝绶带挂了上去。我们后退几步，仔细端详着满墙的红色、黄色、白色、粉色，直到最后的蓝色。每一枚绶带都像是随风飘舞的种子，落地就能种出梦来。

“你的中学生活，也算是圆满结束啦。”约瑟夫笑嘻嘻地说。

我站在他身边，抬起头看着日暮的天空。飞鸟在田埂的尽头留下黑色的剪影。来美国这些年，我哭过、笑过、祈祷过。走过的每一步路，都变成了我灵魂中的一部分。

很久以前，严老师曾经送给我一张纸条——失之东隅，收之桑榆。当初看来平平淡淡，甚至不痛不痒。可是回头看去，我终于体会出了那种安之若素的大智慧。

“还有一件事，我还有一件事要做。”我忽然说道。

约瑟夫转过头，静静地望着我。

“我想回一趟中国。”我说，“有一个地方，我想再去一次。”

29 重返怀秀

怀秀原先的门卫退休了，传达室的窗口露出一张陌生的面孔。“你是谁？”他用一口不纯正的普通话问道，一面警惕地上下打量着我，“只有学生才能进！”

“我以前……是这里的学生。”我说，“我叫程丹妮。”

“程啥子妮？没听过！”他干脆地摆了摆手。我一时间哭笑不得。

“你有认识的老师吗？或者同学？”看到我进退两难的样子，门卫大叔又发了善心，“你叫他们出来接你，带你进去。”

“有的。”我迟疑了片刻，终于还是说出了那个久违的名字。一仄一平，在舌尖留下陌生而温柔的余音——

“楚歌。”

他来了。

他从教学楼的台阶上几步跃下，停在我面前时，胸口轻微地起伏着。

“丹妮。”他停顿了片刻，终于开口叫了我的名字。他长高了，额前留起了碎发，在眉眼上留下稀疏的阴影，让人看不清他的表情。

我终于走进了怀秀，和楚歌一前一后地来到走廊里。墙上挂着熟悉的海报，窗户里透出一如既往的清澈日光。走廊那么安静，静得只剩下我们的脚步声。

一切仿佛都没有改变，只要随手推开一扇教室的门，就能走进那个十四岁的夏天。

走了很久，他终于停住脚步，转过身轻轻地问道：

“你好像长高了一点，是不是？”

我点了点头，重新陷入了沉默。曾经那样亲密的两个人，如今却相对无言。

过了半晌，我回答道：

“但是你长得更快。”

楚歌低下头望着我，逆光的身影像一棵挺拔而安静的白杨。四目相接的时候，那些逝去的时光像小河一样，哗啦啦地拍打着微热的眼眶。

他的嘴唇微微颤抖着，像是有什么话欲言又止。就在这个时候，我们身后的门忽然推开了，一个女孩子的身影跳了出来——

是郑熙。

一看到我，她不由得愣住了，然后下意识地挡在楚歌面前。楚歌似乎有些尴尬，但是并没有躲开，只是垂着眼帘站在原地，任由郑熙示威似的握紧了他的手，和他十指相扣。

“程丹妮。”郑熙一字一句地说道，脸上的表情五味杂陈，“你回来了。”

“是的，我回来了。”我看着她像母鸡一样紧紧护着楚歌的样子，不由得暗自好笑，“我回来看看老师，也看看你们。”

“看我们？你是回来看楚歌的吧！”她带着胜利者的姿态撇撇嘴，“楚歌有没有跟你说过：我和他在一起了？上周刚刚……”

楚歌略带难堪地低着头，郑熙却不依不饶地捅着他的腰：“你说呀！你说给程丹妮听！”

“有什么可说的……”他躲闪着我的目光，含糊不清地说。郑熙气鼓鼓地嘟起嘴，那个飞扬跋扈的十四岁小姑娘似乎一瞬间回来了。我们又要乐此不疲地斗嘴、攀比，而严老师下一秒就会推开舞蹈教室的门，招呼我们进屋练功——

可是三年已经过去了，我们都长大了。我轻轻地叹了一口气，微微笑着说道：

“嗯，你们很般配。”

对面的两人没料到我会这么说，一时间都愣住了。过了一会儿，楚歌有些不自在地转换了话题：“对了，丹妮，你的腿怎么样了……”

“听说你的腿摔断了？”郑熙快速地冲我的左腿上瞄了一眼，却又使劲儿板着脸，做出一副毫不在乎的样子来。

“是啊，断了。”我坦坦荡荡地笑着说。郑熙“嘶”地倒吸了一口气，脸上强装出来的镇静一瞬间消失了，急急地追问道：“那现在呢？现在怎么样了？”

“养得差不多了。”我用安抚的口吻回答。这几年的马术训练下来，我的伤势大为好转，平时走路已经看不出任何异样

了。

“等到九月开学，我就要去南加大了。”我说，“我会重新把舞蹈捡起来的。”

“南加大啊！那可是好学校！”楚歌感叹道，“丹妮，你还是这么厉害……”

听到我说养好了腿，郑熙似乎松了一口气。但是下一秒，她又警惕地抱起了胳膊：“程丹妮，你什么意思？你故意挑今天回来，就是为了炫耀？为了抢我的风头？”

“今天？”我莫名其妙地问。郑熙还没来得及回答我，身后的门就再次打开了。一群欢呼雀跃的学生冲了出来，手里捧着缎带和小旗，甚至还有一块奶油蛋糕。

“今天是你生日？”我更疑惑了，“我记得你的生日是冬天啊？”

郑熙已经被众星拱月地围在了中间。她的脸色稍霁，有些得意地瞥了我一眼。就在这一刻，旁边的女孩子忽然认出了我，尖声叫了起来——

“丹妮？”

这一声“丹妮”顿时引起了反应。好几个曾经和我同班的女生都跑了过来，围着我转来转去。

“丹妮！你记得我吗？”刚才那个尖叫的女孩子喊道，“我是悠悠呀！曲悠悠！”

“还有我！”又有一个姑娘笑吟吟地拉住了我的手，“我是庄子秋。”

一张又一张熟悉的笑脸像是一个个明亮的小太阳，把我的心口照得一阵滚烫。我紧紧握住了她们的手，一个个地辨认她们的名字。

“你们最近怎么样了？”

她们已经七嘴八舌地讲了起来：

楚歌和曲悠悠收到了专业舞团的邀请。庄子秋和其他同学都从怀秀顺利毕业了，高考时拿到了艺术生的加分，心仪的大学基本十拿九稳。

周立青在高二时受伤退役了，回家努力钻研雅思，如今在澳洲读高中。

阿琼由于身体条件所限，初三结束后就不再跳舞了。但是她的文化课学得很扎实，转到普通高中后，在班里的成绩也是名列前茅。每逢暑假，阿琼还会在幼儿园里做兼职，教小朋友们唱歌跳舞……

我竖起耳朵，生怕落下一个字，似乎这样就能弥补一些错过的时光。见我这么认真，她们说得更兴奋了——我当年在怀秀时，从来眼高于顶，哪肯静下心听别人说话呢？

就在这个时候，我不经意间看到了郑熙。本应该是主角的她被冷落在了一边，脸上阴沉沉的，难看极了。目光相接时，我从她的眼神里读出了她刚才的话——

“程丹妮，你故意挑今天回来，就是为了炫耀？为了抢我的风头？”

我无奈地笑了一下，把话题转回了郑熙身上：“你们在庆祝什么呢？”

“丹妮，你还不知道吧！”曲悠悠兴奋地说，“郑熙是我

们中最厉害的！她被英国皇家舞蹈学院录取了！我们今天就是在给她庆祝呢！她跳得可好了，这些年拿了好多奖……”

英国皇家舞蹈学院！以古典芭蕾而闻名世界的英国皇家舞蹈学院！郑熙的梦想终于成真了！曲悠悠说着说着，忽然被庄子秋扯了一下袖子，声音顿时低下去了。她们小心翼翼地看了一眼我的脸色，生怕我听到这个消息会不高兴。

“啊，RAD！Royal Academy of Dance！”我真心实意地感叹道，“太好了，郑熙！恭喜你！”

众人的目光又回到了郑熙身上。她有些不敢置信地看了我一眼，脸色慢慢转晴。女孩们再度围到她身边，把准备好的奶油蛋糕端到她面前。

“我知道你一天到晚想着减肥，”庄子秋笑嘻嘻地说，“但你好歹也要尝一口！这可是我们大家凑钱买的！”

郑熙推脱不过，有些勉强地舀起一块奶油，放进了嘴里。女生们欢呼起来，一人一口，把剩下的蛋糕瓜分了。蛋糕传到我面前时，我也拿了一块放进嘴里，牛奶的浓郁气息顿时充满了整个口腔——真好吃啊！美国的蛋糕总是甜得发腻，搞得就像糖不要钱一样；国内的点心就不一样了，香甜的口感恰到好处。

吃完蛋糕，女孩子们的注意力分散开了，开始七嘴八舌地聊天。我的眼睛还望着郑熙，却注意到她的脸色不是很好。她紧紧地皱着眉头，左右打量一番，从后门蹑手蹑脚地溜了出去。

我不由得担心起来，紧紧跟在她后面，一起走了出去。

30 骊歌

郑熙快步走进洗手间，把隔间的门锁上。紧接着，我就听见门内传来一阵压抑的呕吐声。我顿时什么都明白了，心里一阵难受，默默地站在原地等她。过了一会儿，一阵冲水的声音传来。郑熙走出了隔间，趴在洗手台上，大口大口地用水漱口。

抬起头时，她从镜子里看到了我。她怔了怔，脸色一阵红一阵白，最后冷哼一声，扯了一张纸巾擦擦手，快速从我身边走了过去。

但是我反手抓住了她的手腕："郑熙。"

她用力地甩了一下我的手，却没有甩开。她的手腕依然有着芭蕾伶娜的优雅和纤细，我的手心却已经被缰绳磨出了薄薄的茧。

郑熙更加用力地甩了一下手，依然没能甩开。"你想干什么？"她满怀敌意地问，"你想嘲笑我，是不是？你想去和别人大肆宣扬，说我催吐，说我恶心，是不是？"

"我不想嘲笑你。你是一个优秀的舞者，比我更加优秀。我有什么资格嘲笑你？"我恳切地说道，"但是催吐这种事，请你不要再做了，你是在伤害自己的身体。”

她怔住了，放松了手上的力气。过了半晌，她冷冷地问：“何必这么假惺惺呢！你什么时候关心起我来了？”

我轻轻地把她的手腕放开了：“因为你曾经关心过我，你记得吗？”

郑熙一脸迷惑地盯着我，我慢慢地说道：

“怀秀开学那天，你是第一个向我打招呼的人。你告诉我：我的裤子脏了。”

郑熙的神色缓和下来了，似乎想起了借我卫生巾的那件事。她的嘴唇颤抖着，一时间似乎不知道该哭还是该笑。最后，她再次板起脸来，用凶巴巴的语气说：“我早就忘记了。”

那种虚张声势的凶狠让我不禁莞尔。

“我一度也忘记了，”我说，“但我现在想起来了。我以后不会再忘了。”

她不太习惯接受我的感谢，有些局促地用脚尖蹭着地面。过了一会儿，她突兀地开口了，语气生硬地说：

“明天晚上七点，有一场毕业演出，跳的是《天鹅湖》……你想来看表演吗？”

“我很愿意。”我说。

她又迟疑了一下，把视线转向别处，不自然地说道：“如果你想的话，你也可以跳一段的……你毕竟也是怀秀的学生……”

我轻轻地摇了摇头：“我已经三年没有跳舞了。虽然说想把芭蕾捡起来，但也只是一个想法。”

“三年？”她猛地把头转了回来，惊讶得都忘记要装出凶狠的神情，“三年！怎么可能？”

我能理解她的惊讶。我和她曾经都是离不开芭蕾的人。如果生命中没有了芭蕾，我们宁可去死。但我只是带着一点苦笑，再次摇了摇头：“我的确养好了腿……但是为了养好腿，我花了整整三年。”

郑熙的脸上露出了真真切切的痛惜。一时间，她仿佛什么话都说不出来了，只能呆呆地望着我。三年啊，一个职业舞者成长期最宝贵的三年。

“你就不一样了。你有天赋，肯努力，运气又好。”我环顾四周的海报，海报上都是郑熙的身影。半晌，我轻轻叹了一口气：“你将来会走得很远的，一定要加油啊！”

郑熙还是呆呆地看着我。我心里不知怎么泛起一阵辛酸，却做出无所谓的样子，耸了耸肩，用欢快的语气大声说：“那么，明晚见！”

我挥挥手，转身走了几步，身后却响起了一阵脚步声。郑熙慌慌张张地追了上来，拉住了我的袖子。

“我……我没你说的那么好！就算到现在，我也比不过你！”她一连串地说道，似乎中间一停顿，就会丧失坦白的勇气，“我上台还是紧张，根本控制不住……为了顺利演出，我、我开始吸烟了……”

我惊讶地转头望着她。她低着头，手深深地插在兜里。在我的不幸面前，郑熙的春风得意似乎变成了沉重的负罪感。她

像是下了很大的决心，慢慢地把手从兜里掏出来，伸在我面前。

她的手心里躺着一枚银色的打火机。

“一是为了集中精神，二是控制食欲……”她死死盯着自己的鞋尖，低声嗫嚅道，“我没你说的那么好。我的心理素质一直都差，我比不上你……如果不靠尼古丁，我根本没法……”

我伸出手，把郑熙摊开的手指合拢了。

“你知道吗？”我小声说，“摔断腿以后，在我最痛苦的日子里，我曾试过自杀。”

她把头抬了起来，满脸惊惧地望着我。我微微地笑了。

“但我现在还是好好的，是不是？我曾经以为我的整个生命都是建立在舞蹈上的，可是没有了舞蹈，我的生活依然在前进。”我拍了拍她的手背，“我不是说你的做法是错的，我也不会劝你一下子就戒烟，抛弃一切上瘾的东西……这个过程很艰难，我知道的。你已经是非常优秀的舞者了。但是除了舞蹈以外，你还要过好自己的生活。”

我们站在空无一人的走廊里，紧紧握着对方的手。十四岁的时候，我们绝对不会想到：有一天，我和郑熙会手拉着手，把自己最深切的隐痛讲给对方听。

我们静静地站了一会儿，郑熙抽回了手，把打火机深深地塞回了裤兜里。她甩甩背后的长辫子，重新变成了我们第一次见面时那个爽气的小女孩。

“好啦，别唧唧歪歪的。说定了，明晚七点，不见不散。”

“不见不散。”我郑重地说道。

她难以察觉地弯了弯嘴角，转身走远了。

第二天晚上，我如约而至。郑熙的舞蹈美极了。一人分饰两角，典雅柔美的白天鹅，灵动魅惑的黑天鹅，以及最经典的——稳健而流畅的挥鞭转。

一个，三个，五个……时间的陀螺旋转着，光阴仿佛倒流了。

如果，这是十四岁那年的选拔演出；如果那一天，我像现在一样坐在台下，而不是和郑熙赌气，带着伤也要逞强上台……那么我的人生，会不会大相径庭？如今在台上领舞的人，会不会依然是我？

只是啊，人生没有那么多如果，我们只能往前走。飞扬也好，落寞也罢，一旦走过去，就不能再回头。

音乐结束了，最后一个动作定格。全场沉浸在久久的静寂里。

紧接着，一阵铺天盖地的喝彩声响了起来。

我抬手摸了摸湿润的面颊，这才发现自己不知道什么时候，已经泪流满面。

郑熙望着观众席，甜甜地微笑着，向我们鞠躬致意。她的目光在台下寻找着什么，终于落在了我身上。隔着人群，我们长长地对视。终于，她挥了挥手中的鲜花，把它朝我的方向抛过来。

我伸手接住了花束，轻轻地按在胸口前。观众们纷纷向我的方向转过头来，一个声音忽然在人群中响起——

“丹妮！”

严老师向我跑了过来。在我的记忆中，她从来都是不苟言笑的。可是今天，我第一次看见她这样激动。下一刻，她便紧紧地把我抱进了怀里。

“我听她们说你回来了，没想到是真的。”

“对不起，严老师。”我的鼻子一下酸了起来，“对不起，我没有早点去看你。我不知道怎么跟你说……对不起。”

我不知道该怎么面对严老师。我曾经是她最得意的学生，可是后来——

“对不起，我辜负了你。”我嗫嚅着说。

“你没有辜负我。”她打断我的话，一字一句地说，“这些年，我经常向你父母打听你的消息。丹妮，我真是骄傲极了。”

台上表演的同学们纷纷跑了下来——曲悠悠、庄子秋、楚歌，最后是郑熙。每个人都梳着圆圆的发髻，穿着洁白的芭蕾舞裙。我们抱在一起，笑着，跳着，哭着——这一瞬间，我仿佛从未离开，一直都和他们在一起。

“长亭外，古道边，芳草碧莲天——”

庄子秋唱了起来。一个接一个，所有的同学都唱起了骊歌。是啊，这是他们的毕业演出，是她们在怀秀跳的最后一场舞。从此之后，天涯海角，总是聚少离多。

人群终于慢慢散去。我独自走到学校的天台上，迎着徐徐的晚风，看着远处星星点点的灯火。过了很久，我掏出手机，拨通了一个号码。

“喂？”

一个睡意蒙胧的声音从手机那一头传来。美国的时差比中国晚十二个小时，约瑟夫那边还是清晨呢。

接通了他熟悉的声音，我却迟疑了起来，不知道该怎么组织语言。我心中似乎有很多感慨，却不知道该从哪里说起。于是我问他：“小姨最近怎么样？”

“嗯？她很好啊。她带着安妮去摘了很多蓝莓，说要给你做果酱，等你回来吃。”

“迈克呢？他怎么样？”

“他也很好。他把你的录取通知书贴在客厅里，每天都要跟邻居吹嘘。”约瑟夫轻轻地笑了一声，“说真的，我听得耳朵都起茧了。”

我抿着嘴笑了起来，又问：

“安妮呢？她怎么样了？”

“她开始学跳杆了。”他絮絮叨叨地说，“安妮很想你，每天都要问姐姐什么时候回来。她想跳杆给你看呢。”

“那，罗密欧呢？”

“罗密欧也很好。它的年纪大了，训练时经常偷懒，还喜欢打瞌睡。迈克前两天还和我商量，要给安妮买一匹新的小马，让罗密欧安心养老呢！”

“黑珍珠呢？”

约瑟夫终于忍不住笑了，打断了我的东拉西扯。

“丹妮，你给我打长途，就是为了问这些吗？”

我一时语塞，只听他问我：“你呢？你怎么样？”

“我……”我停顿了一下，“我很好……”

他在另一头安静地等待着，等我把话说完。盘踞在我心头的万千情绪，仿佛忽然找到了决堤口，于是我滔滔不绝地说了起来：

“我今天去了怀秀……就是我以前的舞蹈学校。我见到了好多人，以前的老师和同学……她们还在跳舞。我去看了毕业演出，跳得特别特别棒……”

我的声音慢慢低了下去，带着一点怅然若失。

“……我想你了。”沉默了半晌，我没来由地说道。

隔着山川海洋，他缓慢而柔和地笑了起来：

“等你回来的时候，我会去接你的。”

31 生死长诀

八月，我再次回到了美国，约瑟夫开车来机场接我。我们又一次穿过蓝脊山公路，在黄昏时抵达了那座熟悉的红房子。

暮色洒在茫茫田野上，远处的冷杉投下一排暗色的剪影。安妮骑着罗密欧在马场里奔跑，迈克站在不远处指点着她。小姨在厨房里忙忙碌碌，窗口飘出洋葱汤的香气。

我站在田埂路的尽头，望着那排恬静的白篱笆，再也抑制不住心中的激动，放声叫了起来——

"小姨——迈克——安妮——我回家啦——"

安妮听到了动静，从马背上转过身，迎上了我的目光。

"姐姐！你回来啦！"她喜气洋洋地叫道，用力朝我挥着手。她急着要向我炫耀她这些天的训练成果，猛地勒住了缰绳，让胯下的马倒退几步，对着篱笆开始冲刺——

"姐姐！看我从篱笆上飞过去！"

她欢叫着，脸上带着无忧无虑的笑容。我却突然有了一阵不祥的预感，像是一只盘旋的鹰把阴影投在了我的心上。

我想喊，想让她停下来。可是她已经夹紧了双腿，罗密欧的速度越来越快，一直冲到了篱笆前。我的嗓子像是哑了一

样，发不出一个音节，而罗密欧已经载着表妹抬起身子，从篱笆上奋力一跃——

下一秒钟，她已经连人带马重重地绊倒在篱笆上。表妹从马鞍上向前飞了出去。她甚至都没有尖叫一声，就像折翼的小鸟一样直线坠落，直到地面上发出一阵巨响。

“安妮！”

我的声音终于回来了，嗓子里顿时发出一声撕心裂肺的呐喊。我跌跌撞撞地朝落下来的表妹冲了过去。她毫无生气地趴在地面上，像一个破碎的布娃娃，单薄的衬衫像纸片一样惨白。

冰冷的恐惧把我的整颗心脏揉成了一团。“安妮！安妮！”我把她从地上抱起来，紧紧搂进怀里，眼泪和鼻涕都顺着脸颊肆意横流：“安妮……”

随着一声嘤咛，表妹轻轻地动弹了一下。她的嘴唇一张一合，我欣喜若狂地叫了起来，随即紧紧闭上了嘴，低头听着她虚弱的声音：“姐姐，我没事……”

“安妮！”约瑟夫和迈克也跑到了我们身边，七手八脚地把表妹搀扶起来。

“脑袋痛不痛？觉不觉得头晕？”我紧张地问。既然没有明显的外伤，那就要担心脑震荡了。但是安妮轻轻地摇着头说：“不痛……”

悬着的心终于放下来，我这才想起了罗密欧。我惊惶地转过身，朝罗密欧看去——它还趴在折倒的篱笆边，一条前腿以奇怪的姿势扭曲着。它努力地试图用剩下三条腿支撑着站起来，却怎么也站不起来——

我的心再一次被那种冰冷的恐惧感包围了。

迈克冲了过去，跪在罗密欧的身边，小心地检查着它的前蹄。过了很久，他才神情凝重地转头，深深地看了我一眼，似乎是在慎重地选择着措辞。

“罗密欧的左前腿摔断了，伤得很重……其他腿恐怕也受伤了。”他轻轻地说，“它本来年龄就很大，现在又摔断了腿……丹妮，它恐怕挺不过去了。”

“不！不会的！”我大声喊道，“快去请兽医！快！”

约瑟夫跑去打电话了。我瘫坐在罗密欧身旁，紧紧握住安妮冰凉的小手，眼泪止不住地往下流。如果这只是一场噩梦就好了。让我醒过来吧，快点让我从噩梦里醒过来吧。

兽医赶到了。一番检查之后，他无能为力地摇摇头。

“治不好了。”他轻轻地说。

我的脑袋“嗡”的一声炸开了，简直不知道该说什么好。宿命像梦魇一样轮回。三年前，我摔断了腿；三年后，厄运再一次降临到我的爱马身上。人摔断了腿，可以有无数次重来的机会；可是马一旦摔断了腿，就再也没有存活的机会了。

安乐死，反而是最为人道的解脱方式。

“那么，请你给它打一针……”迈克吃力地说道，每一个字都像是有千钧重。兽医却再次摇起头来，眼睛里流露出深深的内疚和一种古怪的悲哀。

“很抱歉，我的镇静剂刚好用完了……真的很抱歉，迈克，恐怕你只能用那个传统法子。”

我的面色变得煞白。我知道那个所谓的“传统法子”是什么。如果没有镇静剂，那我们只剩下最后一个选择——

我们必须向罗密欧开枪。

我的耳边再次回响起了霍普金斯家的枪声——英姿飒爽的赛马前一刻还在为主人的荣耀而奋力奔跑，后一刻跌断了腿，就永远失去了比赛的价值。田野上从此添了一座新坟。

可是我的罗密欧啊，为什么偏偏是我的罗密欧呢？我从未想过啊，从未想过这一天会降临到它的身上！

约瑟夫转头看着我，眼神里怀着无限的悲悯：

“丹妮，我知道罗密欧对你有多重要……它是你的马……”

所有人一起回头看着我，等着我做最后的答复。我早就应该有所觉悟，这就是宿命的轮回。三年前，罗密欧给了我一次重生的机会。三年后，我却要亲自开口，裁决它的生死。

罗密欧已经耗光了所有的力气，奄奄一息地趴在地面上，前腿微微地抽搐着。血淋淋的事实摆在我面前。我每耗一秒钟，罗密欧都要多忍受一秒的折磨。

我痛苦地闭上眼睛，随即又缓缓睁开：

“开枪吧……”

每一个单词都像刀片一样锐利，把我的声带划得支离破碎。我转过头望着约瑟夫，喉咙里弥漫着血一样咸腥的气息，想要开口说话，却再也发不出一个音节。

迈克拿出了他的猎枪。他是这片农场上最好的猎手。只要一枪，罗密欧就会从痛苦中永远解脱。

他们一定以为我会哭，但是我没有。我怕泪水会模糊我的视线。我久久地凝视着我的罗密欧——最后一眼，就是永诀。

它的毛发如流风回雪，黑曜石一样的眼睛温柔而沉默。在生命的最后一刻，它不再痛苦地挣扎，而是抬起双眼，一眨也不眨地望着我。

它什么都懂。它什么都知道。天色渐渐暗了下来，我们长久地凝望着，一如我们的初遇。在我最绝望的深夜里，它曾从天而降，从白篱笆上飞跃而过，为我斩开尘世苍茫。

如今它的使命完成了，我要送它回到天上去了。

终于，我转过了身，紧紧闭上了眼睛。

在我身后，迈克扣下了扳机。

枪声震得我耳膜发麻，空心的金属弹壳弹落在我的脚边。再也没有痛楚的颤抖，再也没有濒死的挣扎。大提琴悲怆的旋律仿佛又一次在我耳边奏响，颤抖的弓弦吟唱着一首天鹅的挽歌。

田埂上弥漫着淡青色的硝烟，树枝将天空分割成无数细小的碎片。我的胸腔里盛满了难以言说的痛楚。空荡荡的马厩前，每一枚绶带都在风中颤栗着。

在一片寂静中，我放声喊了起来，尾音悲切地颤抖着：

“罗密欧——”

可是那嘚嘚的马蹄声再也不会响起了。

只有原野上的风。

在天地间呜咽回荡。

图书在版编目（CIP）数据

白马伶娜 / 宝琴著. —上海：少年儿童出版社，2019.8
ISBN 978-7-5589-0650-3

Ⅰ. ①白… Ⅱ. ①宝… Ⅲ. ①中篇小说—中国—当代 Ⅳ. ① I247.5

中国版本图书馆 CIP 数据核字（2019）第 120981 号

白马伶娜

宝　琴 著

蔡　薇 绘图
陆　及 装帧

责任编辑 霍　聃　美术编辑 陆　及
责任校对 黄亚承　技术编辑 许　辉

出版发行 少年儿童出版社
地址 200052 上海延安西路 1538 号
易文网 www.ewen.co　少儿网 www.jcph.com
电子邮件 postmaster@jcph.com

印刷 天津旭丰源印刷有限公司
开本 890 × 1280　1 / 32　印张 6.75　字数 139 千字
2022年 3 月第 1 版第 2 次印刷
ISBN 978-7-5589-0650-3 / I · 4475
定价 36.00 元